Una Esposa de Hollywood

Gemma Evans

Traducido por Ricardo Blanco Saavedra

Reconocimientos de Marca

Oscars
Screen Actors Guild
Universidad del Estado de Indiana
Ponderosa
Estilos de vida de los ricos y famosos
Coca
Cerveza Pabst Blue Ribbon
LAX
Premios Academy
Revista People
"Angel Ayes" de The Jeff Healy Band
Naproxen
The Thorn Birds por Colleen McCullough
The Three Musketeers por Alexandre Dumas
Vicodin
CODA – Consejo sobre Abuso Doméstico
All For Love"

Agradecimientos

Gracias a todas las personas que han hecho que este libro sea una realidad. Gracias a Scarsdale Publishing LLC por darme una oportunidad a mí y a mis historias. Gracias a Sharona y al equipo completo de editores por hacer realidad este sueño para mí. Todos ustedes no tienen idea de lo mucho que significan para mí.

A mis chicos, Owen y Konnor, los amo más que a la vida propia. Owen, tuviste que vivir este libro más de lo que cualquier niño debería. Te amo, y estoy orgullosa del hombre en el que te has convertido, a pesar del trauma que te hice pasar.

A mi esposo Jeremy, quien siempre ha sido mi mejor amigo y mayor admirador, no podría navegar esta vida sin ti. Eres mi alma y mi corazón.

A Donna y Kerri del podcast *A Paranormal Chicks*, ustedes han formado parte de este viaje de revisiones y ediciones por meses y simplemente quiero que sepan que su ingenio, bromas y sus historias asombrosas estuvieron conmigo cada día. ¡Las amo chicas!

Finalmente, a cualquiera de ustedes que alguna vez se haya convertido en un superviviente de abuso: Mantén la frente en alto y recuerda tu valor. Recuerda que sobrevivimos aquello que se suponía debía acabar con nosotros.

Prólogo

En 1990, aterricé en Hollywood del oeste, California, un rostro fresco de dieciséis años por su propia cuenta. A medida que reflexiono sobre ese año, me pregunto si en realidad tuve libre albedrío al tomar las decisiones que tomé. Más importante, me pregunto si pude haber dicho *no* en lugar de *sí* a la propuesta que cambió el curso de mi vida. Si tan solo mi respuesta hubiera sido no, ¿podría haber escapado sin las cicatrices que adornan mi rostro y mi alma? ¿O estaba demasiado dañada emocionalmente ya como para resistirme a la tentación de la riqueza, el glamur y la adoración? En ese momento, sin tener ningún otro modelo a seguir o ejemplo de matrimonio y relaciones que mis padres, me aterraba que el destino de mi madre se convirtiera en mi destino. Ese miedo alimentó mi determinación a hacer cualquier cosa dentro de mi poder para evitar replicar su vida.

Tenía dieciséis años y estaba indefensa, así que cuando un sueño que era demasiado bueno para ser verdad entró por la puerta del comedor en el que trabajaba, corrí hacia sus brazos tanto como huía de mi pasado. Los Ángeles era tanto un destino como una fuerza vital. Hollywood siempre ha sido el productor de la cultura *mainstream*, pero Los Ángeles era donde la cultura se vivía y era vivida. California era la tierra de la oportunidad, y no creo que mi historia se haya podido desenvolver en ningún otro lugar. Después de todo, ser una esposa de Hollywood es una posibilidad únicamente en la ciudad donde los sueños se producen y se venden.

Capítulo Uno

Cuando llegué a Hollywood siendo una chica inocente de dieciséis años, la ciudad me habló de posibilidades y esperanza. No vine con la idea de alcanzar fama y fortuna, de ser una actriz. Vine a vivir con mi hermano mayor, Joey, mientras nuestros padres atravesaban un muy desagradable y amargado divorcio.

Nuestro padre era un alcohólico con experiencia y nuestra madre era una mujer manipuladora despótica. Mamá nunca se satisfacía con nada. Pudo haber vivido en una casa hecha de oro puro y aún entonces habría encontrado algo de que quejarse.

Eso incluía a sus hijos. Como regla general, Joey no podía hacer nada mal y yo no podía hacer nada bien. Yo nunca había sido el tipo de hija que ella deseaba. No era una chica femenina o delgada. No aprendí a maquillarme sino hasta los últimos años de mi adolescencia. Pantalones de lona y camisetas eran mis prendas favoritas y el hecho de que no era su muñequita perfecta la volvía loca. Ninguno de nuestros padres se preocupaba por nosotros; en realidad, lo único que los preocupaba era lastimarse mutuamente, cosa que hicieron hasta perfeccionar el arte de ofender.

Joey se había mudado a Hollywood del oeste el año anterior, Indiana era horrible sin él. Sin Joey, las competencias de gritos de mis padres escalaban a episodios de ira de mi madre. Lanzaba platos y cualquier cosa que pudiera alcanzar en ese momento. Papá gritaba y maldecía a centímetros de su rostro. Lo que seguía era una casa llena de tensión mientras se miraban a través de un silencio incómodo. La tentación de gritar sus frustraciones abrumaría a alguno de ellos, usualmente a mamá, y el ciclo infernal iniciaba de nuevo. Cada vez que salía de la casa me preguntaba a qué infierno llegaría al regresar.

Cuando Joey vivía con nosotros, podíamos aguantar la destrucción de nuestra familia juntos. Una vez él se mudó, nuestros padres descendieron a un tipo de infierno completamente nuevo. Sabía que debía encontrar una salida también.

En 1989, tan pronto cumplí dieciséis años, mamá me dio permiso de abandonar la escuela. Estaba extasiada. Odiaba la escuela. Mis compañeros me acosaban por mi peso y por la falta de dinero de mis padres. Poco tiempo luego de que abandoné la escuela, mis padres iniciaron el proceso de divorcio y Joey me invitó a ir a Hollywood con él mientras decidían qué harían después del proceso. Salté al vuelo más próximo.

Joey trabajaba el turno de madrugada en una fábrica local y yo conseguí un trabajo de mesera en un comedor que abría veinticuatro horas, cerca de nuestro apartamento en Hollywood Oeste. En ese entonces, Hollywood Oeste ofrecía precios de alojamiento razonables. Gran parte del alojamiento se manejaba por medio de renta y, aun así, a Joey le costaba trabajo pagar la renta y las cuentas.

A finales del primer mes trabajando en el comedor había aprendido que las noches de los lunes no eran muy activas. Donna, la mesera mayor, me adoptó bajo su ala, me enseñó los gajes del oficio y me cuidó. Donna y yo éramos las únicas de turno ese lunes.

Donna caminó a mi lado en la estación de bebidas.

—Tienes uno en la mesa diez —dijo.

Tomé un juego de cubiertos de plata y solté un suspiro. Lo último que quería diez minutos antes de que terminara mi turno era una mesa que atender.

Tomé mi libreta y caminé hacia la mesa.

—¿Qué tal? Mi nombre es Rosalie. ¿Puedo ofrecerte algo para tomar?

—Solo café, por favor —dijo el hombre con una voz que pudo haber derretido un día gélido de invierno.

Me congelé. Conocía esa voz. Bajé mi vista hacia él. Si, el hombre de pelo oscuro que estaba sentado en una de las butacas de mi sección del comedor era mi actor favorito, Samuel Urban. Su bronceado perfecto tan californiano hacía que su piel brillara y destacara con su camisa de botones blanca. Gotas de sudor se formaron en mi frente. Sam era una de las estrellas de cine más grandes de la época, yo había visto todas las películas que había filmado. Era su *fangirl* mucho antes de que el término existiera.

Con el corazón latiendo en mis oídos, me apresuré de vuelta a la estación de bebidas. No podía creer que de verdad estaba atendiendo a Sam Urban. Mi corazón se hundió mientras lo miraba de reojo. Ahí estaba la celebridad que más me gustaba y que más deseo evocaba en mí, sentado en mi sección del comedor, y ni siquiera me había visto.

¿Debía hacerlo? Digo, Sam era un actor de renombre. ¿Esperaba que se fijara en la mesera que tomaba su orden? *No seas tonta*, me dije. Regresé a su mesa y giré la taza que estaba boca abajo para servir su café, casi derramando el líquido caliente. Hice una pequeña mueva para mis adentros cuando me di cuenta de que había olvidado preguntarle si deseaba crema y azúcar para su café.

Idiota, dije para mis adentros, antes de lograr hablar con una voz calmada. –Aquí tiene, señor Urban. Lo siento, olvidé preguntarle si quería crema o azúcar.

–No, gracias. Tomo mi café negro. Y dime Sam.

Casi me desmayé cuando sus ojos color chocolate se alzaron y se encontraron con los míos. Tenía una sonrisa que danzaba entre la de un niño pícaro y la de un hombre que reservaba únicamente para la cama. Recordar cómo hablar requirió de todo mi esfuerzo.

–¿Ya decidió qué desea comer? –pregunté.

–¡Rosalie! –Nick, el dueño del comedor y mi jefe, gritó desde la cocina.

Lo ignoré.

–Creo que si –Sam deslizó su lengua a lo largo de su labio inferior.

Finta de desmayo.

–¡Rosalie, ven ahora! –Nick vociferó.

Le lancé una mirada y me volteé hacia Sam otra vez.

–Anda, ve –Dijo Sam. –Aquí estaré.

A pesar de haberme resistido tanto como pude, solté una risilla y le dije que volvería enseguida. Caminé hacia Nick, asegurándome de verlo con ojos de rabia hasta que llegué a la ventanilla de la cocina.

–¿Qué? –Le pregunté.

–Son las diez, sal de mi reloj –Dijo Nick.

–Por favor… Para comenzar, no estoy en la escuela, así que la regla de las diez no debería aplicar para mí. Y segundo, aún estoy atendiendo a un cliente.

–Donna puede seguir atendiendo a tu cliente, que no ha hecho su pedido aún, dicho sea de paso. Además, le prometí a tu hermano que te mandaría a casa a las diez PM y no más tarde. Ahora, sal de mi reloj.

–Está bien… –me lamenté.

Mi suerte es una mierda. La única vez que tengo la oportunidad de conocer a mi actor favorito, a mi amor platónico y hablar con él de verdad, Nick lo arruina todo y decide ser un cretino.

Resignada, camino de vuelta a la mesa de Sam. –Lo siento mucho señor Urban…

–Sam.

Suelto una risilla de nuevo. –Lo siento, Sam. Mi jefe es un cretino. Mi compañera, Donna, terminará de atenderte esta noche. Soy una enorme admiradora y fue asombroso conocerte y hablar contigo.

–Lamento mucho escuchar eso –dijo. –Esperaba que fueras tu quien me sirviera.

Mi rostro debió haberse vuelto diez tonos de rojo. Solo pude sonreír como una idiota. –Yo también. Espero que tengas una linda noche.

Sam se levantó mientras me volteaba para irme. –¿Podría convencerte de que te quedes conmigo?

Perdón… ¿Acaso este actor de primera acaba de preguntarme si quiero cenar con él?

–Digo, si no tienes otros planes –Dijo. –Disfrutaría mucho la compañía.

Hice hasta lo imposible y más para no hiperventilarme. –Me encantaría. Dame un minuto, tomo mis cosas y me quito el delantal.

Sam me lanzó una sonrisa. —Por supuesto. Aquí estaré.

Me pellizqué durante todo el camino a la sala de descanso, donde había dejado mi bolso. Este tipo de cosas no le pasan a chicas como yo. Había sido corpulenta toda mi vida, lo cual me había dado problemas de autoestima e inseguridad por mi peso.

¿Qué diantres pudo haber visto en esta chica grande? Probablemente solo estaba siendo amable con un fan. Muy probablemente, ni siquiera estaría en su mesa para cuando regresara. Pero ahí estaba.

El rostro de Sam se iluminó cuando regresé a la butaca. Se levantó mientras me sentaba en el asiento en frente de él. Esto estaba pasando de verdad.

Una vez estaba sentada, no sabía qué hacer conmigo misma o qué decir, así que tomé mi bolso y saqué mis cigarros. Mis manos temblaban mientras intentaba encender uno y fallaba. Sam puso una mano firme sobre la mía y encendió su encendedor para mí.

—Gracias —Susurré.

—De nada.

Me miró por un momento con una pequeña sonrisa dibujándose en su rostro. —¿No eres de por aquí verdad? —Preguntó. —Tu acento te delata. Déjame adivinar… ¿Illinois?

Esa fue la primera vez que había escuchado sobre el acento de Illinois. —Indiana, en realidad.

—Indianápolis?

—Terre Haute.

—¡Ah! El hogar de la Universidad del Estado de Indiana —Sam dijo.

Le di una calada a mi cigarro y volteé mi rostro levemente para soltar el humo. —Me impresionas, pocas personas saben dónde está.

Sam encogió los hombros y sonrió. Mi corazón no se había relajado desde que me di cuenta de quién era él, y esa sonrisa en su rostro no me ayudaba para nada. Cómo tenía dieciséis años, no pensaba que estaríamos sentados aquí, teniendo una conversación, si supiera mi edad. Debía disfrutar esta experiencia tanto como durara.

La forma en la que me vía me hacía estremecer. No sabía qué decir, dónde poner mis manos, o cómo respirar correctamente. La charla casual no era un arte que yo dominara, pero de todas formas intenté porque, si no lo hacía, el silencio me volvería loca.

—Me encantó tu última película —Dije. —*El Secreto de un Amante* era nuevo territorio para ti.

Sam se irguió, claramente complacido. —Gracias. Y tienes razón —Guiñó. —Definitivamente era nuevo territorio para mí. Eres observadora.

Mis mejillas estaban hirviendo. Mordí mi labio inferior y miré hacia abajo, a la mesa. —He visto todo lo que has hecho, probablemente unas diez veces.

—Acosadora. —Sam molestó.

Solté una carcajada nerviosa. —¡Hey! ¿Al comedor de quién entraste esta noche?

—Un cambio de planes de último momento, un cambio muy afortunado. —Sam acarició su labio inferior con su lengua una vez más.

Intenté apaciguar un escalofrío y fracasé.

La luz le dio a sus ojos, haciéndolos parecer piscinas de miel. —Este es un lugar que frecuento mucho, pero es la primera vez que te veo —Dijo.

—Normalmente trabajo el turno de almuerzo, a veces parte del turno de la cena.

—Ya veo. La pregunta aquí es qué hace alguien tan linda como tú.

Me reí y alcé una ceja. —¿No soy material de actriz exactamente, o sí? Me mudé para estar cerca de mi hermano.

Sam asintió. —¿Tienes más familia por aquí?

Me quedé rígida. —No. Nuestros padres están en Indiana.

—Eso debe ser duro.

—En realidad no —Balbuceé.

Donna vino a servirme un café y a rellenar el de Sam. La interrupción me dio un minuto para recobrar el aliento. Sam ladeó su cabeza al lado, su mirada me penetraba cuando lo vi. Había percibido el cambio en mi lenguaje corporal, casi como si me estuviera estudiando. El cambio en la conversación hacia temas familiares me había incomodado.

—¿Tema complicado, asumo? —Me pasó la crema y bandeja de azúcar.

Le di la más breve de las sonrisas. —Tenemos una relación difícil con mis padres.

Se rio irónicamente. —Entiendo. Mi madre tiende un poco a la locura y mi padre… Bueno, mi padre siempre fue un amigo más que nada.

—Mi papá es un alcohólico y mi mamá lo motiva a beber aún más —Me concentré en endulzar mi café para no tener que verlo.

—¿Quieres un poco de café con tu cremora y azúcar? —Bromeó.

—Mejor que el abismo negro de amargura que estás tomando.

–Hey… –Se rio. –Cuidado, estás hablando de mi alma. ¿Pero tal vez días más iluminados están por venir?

Sonreí sin desviar mi atención esta vez.

Sam puso su mano sobre la mesa. Sus dedos no llegaban a tocar los míos. Una corriente eléctrica, palpable, parecía vibrar entre nosotros. Todo en mi me gritaba que debía mover mi mano fuera del camino, o tomar la de él. No tenía el coraje para hacer una cosa o la otra.

Me recosté sobre la butaca y le di un trago a mi café. –Mi hermano ha vivido aquí por un poco más de un año. Cuando tuvo el coraje de salir del clóset como homosexual nuestro papá lo corrió de la casa. Sabía desde hace años que Joey es gay, todos lo sabíamos, pero un hijo gay era más de lo que mis papás podían manejar.

La expresión de Sam se enterneció. –Lamento mucho escuchar eso, es horrible. No puedo imaginar hacerle eso a un hijo propio. Tu hermano no pudo haber escogido un mejor lugar para mudarse que Hollywood Oeste.

Me reí. –Eso es exactamente lo que pensé cuando llegué. No sabía lo grande y unida que es la comunidad gay aquí. Joey ha hecho muchos amigos. Por primera vez en la vida él tiene una red de apoyo fuerte. Algo que no tenía en Indiana.

Le di otro trago a mi café. El recuerdo de cómo mi papá llamaba a Joey un maricón y lo echaba de la casa se reprodujo en mi mente.

Sam cambió el tema de conversación.

Compartíamos muchas cosas en común. Ambos amábamos los libros y muchos de los mismos autores. También nos gustaban las mismas películas. Aunque la forma de entretenimiento favorita de Sam era el teatro, algo que yo nunca había experimentado. Afuera del club de drama de la escuela y algunas de sus producciones, una ciudad como Terre Haute no ofrecía mucha sofisticación.

–¿Nunca has visto una producción de teatro? –Sam preguntó.

Dije que no con la cabeza.

–Me encantaría llevarte una de estas noches. ¿Cuándo estás disponible? –Preguntó.

¿Acaso escuché correctamente? ¿Acaso dijo que quería salir conmigo? Me sonrojé, buscando las palabras adecuadas para contestar. –Eso suena fantástico… Y mañana es mi día de descanso, de hecho. –La suerte parecía correr conmigo hoy.

–¿Puedo preguntarte algo? –Sam preguntó.

–Claro.

–¿Qué edad tienes?

Mi corazón se hundió. Aquí venía la mueca de decepción y el *fue lindo conocerte*. Ahí iba mi cuento de hadas.

–Dieciocho –Mentí.

Sam soltó una carcajada estridente. –Amor, soy un actor. Leo a las personas. Es lo que hago. –Deslizó su mano al otro lado de la mesa y le dio una palmada a la mía. Su mirada me reconfortó. –Está bien, puedes decirme. En realidad, no me importa. Solo quiero saber con qué estoy lidiando.

Miré fijamente a la mesa. –Cumpliré diecisiete en diciembre.

Estrujó mi mano de la manera más leve y la acarició con su pulgar. La sensación de su piel sobre la mía trajo mi atención de vuelta a él. Mi pulso se aceleró y, de nuevo, solo pude mirarlo.

–¿Puedo acompañarte a tu auto? –Sam preguntó.

–No manejo. Vivo a unas cuadras nada más.

La boca de Sam se abrió de golpe. –¿Caminas? ¿En este vecindario? ¿De noche?

Me reí. –Si, pero no es la gran cosa. Caminaba a todos lados en casa –No veía caminar como algo inseguro. Había sido el objeto de más piropos indecentes en Indiana que en California. Hollywood Oeste en realidad era una de las áreas más amenas. *Sunset Strip* estaba apenas a unas cuadras de distancia, y aunque a nadie le gustaría estar por ahí de noche, el comedor y mi apartamento no estaban en un área insegura.

–Amor, no estás en Indiana. Te llevaré a casa.

Negué con la cabeza. –En serio, mi departamento no está lejos. No quiero molestarte.

–No es molestia. De hecho, me gustaría mucho llevarte, y no voy a aceptar un no como respuesta.

Sam se levantó y me extendió una mano. Estando ahí en ese momento con él se sintió tan surreal. Lo tomé de la mano. Sentí dedos cálidos envolver mis propios dedos mientras me levantaba de la butaca. Supe en ese momento que este podría no ser el inicio de algo, pero tampoco era el fin.

Sam le dejó a Donna una propina generosa a pesar de que no nos había cobrado los cafés. Luego, me guio hacia su auto, el único auto que destacaba en el estacionamiento.

–Un Ferrari 1990 negro nuevo –Dijo Sam. –¿Acaso no es hermoso?

Asentí, impresionada.

–Tengo una habilidad para reconocer cosas hermosas. –Los ojos de Sam destellaron.

Pasaron unos segundos antes de que me diera cuenta de que no estaba hablando del auto. Nunca me había considerado a mi misma hermosa. Desde que tenía uso de memoria, mi madre siempre me había criticado por mi peso. El odio propio tiende a enterrarse en lo profundo y quedarse ahí. Haciendo mi mejor esfuerzo por sacar esos pensamientos de mi mente, simplemente disfruté del halago.

Sam abrió la puerta del copiloto y me acomodé en el auto. Cerró mi puerta y rodeó el auto hasta el lado del piloto. Entró al carro, se acomodó detrás del volante… Yo estaba en el paraíso.

Mi caminata regular de quince minutos se convirtió en un viaje de cinco, decepcionándome al llegar a la entrada de mi edificio. Sam apagó el carro y se giró para verme. Sus ojos color chocolate buscaban mi rostro. Me pude haber perdido para siempre en la profundidad de esos ojos. Un escalofrío acarició mi espalda. Miré hacia abajo, a mis manos. Nunca nadie me había visto de esa manera, no podía recordar haber sido observada de una manera tan detenida.

–Disfruté mucho de nuestro tiempo juntos –Dijo.

–Yo también… –Lentamente, llevé mi mirada de vuelta a Sam. Me topé con la misma mirada intensa. –Muchas gracias Sam. Soy una gran admiradora y esta noche fue un sueño hecho realidad.

Sonrió, apartó un mechón de cabello de mi rostro y acarició mi mejilla con su pulgar. Luego, lentamente, se inclinó hacia mí y me besó. Me quedé congelada. Sin haber experimentado más que un beso en la mejilla no tenía idea de cómo responder.

Mis brazos se sintieron como pesas. Mi mente nadaba. ¿Mis labios estaban muy cerrados? ¿Estaba muy lejos de él? ¿Debía acariciar su rostro o su cabello?

Sam tomó mi rostro con su mano y los vellos de mis brazos se alzaron con nervios. Me estremecí y dejé que sus labios me guiaran. Cada pensamiento, cada preocupación, fueron drenadas a medida que el instinto tomaba el control. Sintiendo llamas en todo el cuerpo, lo envolví con mis brazos. Siendo virgen, no sabía que las sensaciones que Sam me estaba haciendo sentir siquiera existían.

Luego de un momento Sam se apartó, lentamente. Mantuvo una mano en mi rostro, pero no podía verlo. Mi cara hervía en llamas y mis ojos se humedecían con lágrimas que derramaba. Estudié mis manos y pellizqué mis cutículas.

—¿Nunca te habían besado así, verdad? —Sam preguntó suavemente.

Negué con la cabeza. —Nunca me habían besado. Nadie. Nunca he hecho *nada*.

Alzó mi rostro delicadamente hasta que nuestras miradas se encontraron. —Es un honor haber ganado esa posición. Hay tantas cosas que podría enseñarte. No te mentí en el comedor, en serio quiero verte de nuevo. ¿Qué te parece mañana en la noche?

Solté la respiración que no me había dado cuenta que estaba sosteniendo y le sonreí. Estaba flotando en un sueño perfecto. ¿En realidad pasaban estas cosas en la vida real? Mi cuerpo vibraba con emoción. Estaba asustada, emocionada y extasiada al mismo tiempo, y no sabía cómo procesar los pensamientos y emociones corriendo sin control en mi interior.

—Me encantaría.

—A mí también.

Me besó nuevamente y, esta vez, mi respuesta vino más fácilmente y más rápido que la primera vez. Oh. Por. Dios. No quería que esto acabara. No sabía que podía sentirme como me estaba sintiendo ahora.

—No quiero soltarte —Sam dijo, incapaz de suprimir una sonrisa.

Solté una risita porque, en ese momento, pude haberme fugado con él, sin ningún remordimiento.

—Pero probablemente debería hacerlo. ¿Puedo acompañarte a la puerta? —Preguntó.

—Claro —Contesté.

Sam salió del auto y caminó hacia mi lado, para abrir mi puerta. Su mano reposó sobre mi espalda mientras caminábamos hacia la entrada del edificio.

—Apartamento *515*. Aquí me quedo yo. —Dije tímidamente.

—¿Te recojo mañana a las seis? —Preguntó.
Asentí.

Sam se inclinó hacia mí, obligándome a recostarme sobre la puerta. Acomodó sus brazos a mis lados, encerrándome entre la puerta y su cuerpo, y me besó nuevamente. —Un último beso, de despedida. —Susurró en mi oído. —Te veo mañana.

—Mañana —Repetí sin aliento, incapaz de reconocer mi propia voz.

Mis manos temblaban tanto que introducir la llave en la perilla y abrir la puerta me tomó tres intentos. Una vez adentro, cerré la puerta y me recosté contra la madera. *¡Santo Dios! ¿Qué acaba de pasar?*

Mi piel se quemaba de calor y frío al mismo tiempo. No entendía la reacción de mi cuerpo. Mariposas danzaban en mi estómago. Me pellizqué para asegurarme de que no había enloquecido e imaginado los sucesos de la noche. Este tipo de cosas simplemente no le pasaban a chicas como yo.

Me di una ducha y, para cuando me recosté en mi cama, repasé los eventos de la noche una y otra vez. Pensé que el sueño me evadiría esta noche, pero caí en un sueño profundo en cuestión de minutos.

Capítulo Dos

Me desperté con dos de mis olores favoritos inundando mi habitación: café y tocino. Eso significaba que Joey estaba en casa. Salté de mi cama, me vestí y me dirigí hacia la cocina.

–¡Está viva! –Joey me lanzó su sonrisa juguetona, tan propia de él. A pesar de ser cinco años mayor que yo, nunca me molestó de una forma grosera.

–Ugh… –Gruñí.

Me sirvió una taza de café y me la pasó mientras encendía un cigarrillo. Miré el reloj que reposaba encima de la estufa, eran casi las 12:30. Nunca dormía hasta tan tarde.

–Entonces… Me enteré de que llegaste a casa tarde.

Le giré los ojos. Esa vieja del *512* debió de haber estado espiándome por la vistilla de la puerta. Espiaba a todo el mundo y le decía a Joey sobre cada paso que daba.

–¿Y con un chico? –Joey alzó sus cejas por encima de su taza.

–No, no cualquier chico. Y no, no entró al apartamento.

–¿Oh?

–No me creerías si te dijera –Sonreí.

–Ponme a prueba.

Me encogí de hombros. –Sam Urban.

–¿Sam Urban? –Dejó su taza sobre la mesa. –¿El actor, Sam Urban? ¿El tipo que te enloquece?

Asentí.

Joey se rio. —Mentiras.

—Te dije que no me creerías. Quédate en casa esta noche, estará aquí a las seis. Iremos a cenar.

Joey entrecerró sus ojos. —¿Qué edad tiene?

Definitivamente no le iba a decir que Sam tenía doce años más que yo. Aún siendo el hermano *cool* que me dejó mudarme con él a los dieciséis años y hacer lo que se me antojaba, seguía siendo mi hermano mayor y actuaría como tal.

Me encogí de hombros. —No me trates como mamá, por favor.

—Esto no me gusta.

—¿Y?

Joey suspiró. —¿Puedes, al menos, ser cuidadosa? Ya sabes, no te embaraces o termines muerta en una zanja en algún lugar. Mamá se volvería loca.

Rodé los ojos y me enfoqué de nuevo en mi café y cigarro. Un golpe a la puerta nos sobresaltó a ambos. Milagrosamente, no estábamos retrasados con la renta, así que ninguno de nosotros tenía idea de quién podía estar llamando. Joey atendió. Un repartidor de flores le entregó un arreglo de rosas color amarillo brillante, rodeadas de aliento de bebé, pidiéndole que firmara de recibido.

Mi corazón se alzó y me esforcé por mantener la sonrisa que se dibujaba en mi rostro a raya. Sabía antes de que Joey se volteara que las flores eran de Sam. Me llené de emoción. Temblaba, esperando a que Joey se diera la vuelta. Nunca me habían regalado flores, menos aún recibido un arreglo en mi casa.

Joey leyó la tarjeta que venía sujetada del ramo de flores, me miró, atónito. Solo pude sonreír.

—¿Es en serio? —Susurró, entregándome la tarjeta.

Flores hermosas para mi chica hermosa. No puedo esperar para verte hoy, Sam.

—¿En realidad trajiste a Sam Urban a casa anoche? —Preguntó.

—Te lo dije.

Joey se quedó boquiabierto.

Me reí. Hoy iba a ser un excelente día.

A medida que el día avanzó, mis nervios fueron creciendo. Ver a Sam era lo único en lo que podía pensar. No tenía idea de a dónde planeaba llevarme, así que no estaba segura de qué ropa debía usar, o cómo debía peinarme o maquillarme. La única prenda elegante que tenía era un vestido negro clásico que me hacía sentir insegura de mí misma. Odiaba lo hinchado que era mi estómago y la flacidez de mis brazos. Estaba cerca de las lágrimas para cuando Sam tocó a la puerta, justo a las seis. No había forma de que yo fuera algo que él deseara. No cuando estaba rodeado de las mujeres más bellas del mundo.

Abrí la puerta con manos temblorosas. Sam, midiendo seis pies con dos pulgadas, se alzaba sobre mi figura de cinco pies con dos pulgadas. Su cabello negro estaba perfectamente bien peinado, ni un solo cabello fuera de lugar.

—Hola hermosa. —Se inclinó hacia mí para darme un beso, pero Joey, esperando en la cocina, aclaró su garganta, deteniéndolo.

Los dedos de Sam se entrelazaron con los míos mientras lo guiaba hacia el interior del apartamento. –Sam, este es mi hermano Joey. Joey, este es…

–Sam Urban. Wow, es un placer conocerte. –Joey, tan impresionado con la presencia de Sam como yo lo había estado, le extendió su mano para estrecharla.

–Un placer, igualmente. –Sam apretó la mano de Joey de manera firme.

Habiendo terminado con las presentaciones, nos quedamos parados en la cocina, sumergidos en un silencio incómodo.

Sam finalmente aclaró su garganta. –Deberíamos irnos ya si queremos llegar a tiempo para la reservación.

–Oh, claro –Joey dijo. –No se atrasen por mí. Es un gran honor conocerte. Diviértanse y no se preocupen por la hora de llegada, diviértanse.

Mientras Sam y yo salíamos del apartamento, busqué los ojos de Joey y le lancé una mirada triunfal mientras cerraba la puerta detrás de mi. –Te ves espectacular –Dijo Sam mientras caminábamos por el corredor.

Intenté alzar mi mirada hacia sus ojos, pero no pude. –En realidad no tengo ropa bonita. Espero que esto sea suficiente.

Sam vestía un traje púrpura oscuro que lucía a la perfección. Ser el centro de la atención de alguien más era algo malo en mi experiencia, pero estaba feliz de estar con él. Me encantaba el hecho de que sus ojos nunca dejaban de reposar en mí.

Mi madre solía decirme que a menos que perdiera peso, me maquillara y me vistiera como una chica de verdad, ningún hombre me amaría. Pero Sam me estaba viendo ahora de la misma manera en la que me había visto anoche, con mi pelo sostenido por una cola de caballo, sin maquillaje y luciendo un uniforme espantoso de mesera.

Sam me llevó a un restaurante elegante italiano llamado *A'Mour*. El restaurante estaba lleno, pero las luces que colgaban del cielo, los manteles de lino rojo y las candelas que decoraban el lugar le daban un aura romántica.

El *maître* nos escoltó a una mesa pequeña en una esquina del fondo y Sam sostuvo mi silla mientras me acomodaba. Me sentía agradecida por el hecho de que no había más de un tenedor sobre la mesa. Luego de haber crecido usando cubiertos deteriorados y de mala calidad, de ninguna manera habría sido capaz de navegar una cena formal. Sam se acomodó en su asiento y ordenó una botella de vino tinto con dos copas. Mi corazón se sobresaltó y temí que el mesero pidiera ver mi identificación, pero no lo hizo.

Rara vez me solicitaban mi identificación, pero estaba preocupada de que esta noche fuera la noche que mi suerte se acabara. Pero, aparentemente, mientras estuviera cerca de Sam, las reglas no aplicaban a mí.

A pesar de tener la casa llena, la atención de Sam se mantuvo en mí. Me apretó suavemente la mano. Estar ahí con él no se sentía real. Mis pensamientos volaban por mi cabeza de forma tan rápida que no podía mantenerles el paso. La emoción de esta pequeña película que estaba protagonizando era una fantasía salvaje.

Mis manos temblaban mientras sostenía el menú, que usaba leyendas italianas tradicionales.

Definitivamente, este no era un restaurante italiano *americanizado*. Cuando el mesero volvió para tomar nuestra orden, le lancé a Sam una mirada de desconsuelo para que ordenara por los dos. De forma insegura, le di una mirada al restaurante mientras esperábamos a que el mesero procesara nuestra orden y trajera el vino que Sam había ordenado.

–Gracias –Susurré luego de que el mesero se retiró.

Mi rostro se enrojeció y, en medio de mi bochorno, miré en todas direcciones menos en la de Sam. Esa bola que sentía en mi estómago se anudó nuevamente. ¿Qué estaba haciendo aquí? ¿En serio creía que podría manejar todo esto?

–Hey… –Sam dijo suavemente.

Su tono llevó mis ojos a los de él.

–Estás bien. Estoy seguro de que esto no es algo a lo que estás acostumbrada.

Solté una risita nerviosa. –Ni te imaginas… En casa salir a cenar significaba ir a *Pnderosa*. Difícil de creer, pero si teníamos un club exclusivo, solo que no era para gente como yo.

Sam frunció el ceño. –¿Gente como tú?

–Basura blanca y pobre, de acuerdo con la jerga de los chicos de mi escuela. –Sabía que debía dejar de hablar, pero no podía. Sentí como las lágrimas que se formaban en mis ojos amenazaban con derramarse.

–Bueno, me enorgullece decir que no emito juicios basados en las opiniones de otras personas –Dijo, guiñándome un ojo.

El nudo que tenía en mi estómago se relajó un poco, le devolví a Sam su sonrisa. Hice a un lado mis nervios, determinada a mantener una conversación placentera.

–¿Qué hay de ti, señor Hollywood? ¿Los restaurantes finos y gourmet eran algo de todos los días para ti cuando eras niño?

Sam dio un sorbo de su copa de vino y recorrió sus labios con su lengua. –Básicamente. Mi padre es un escritor y le ha ido bastante bien. Ha dirigido algunas películas oscuras durante los últimos años. Mi madre es una pintora. Pinta cuadros enormes y abstractos que no me hacen sentido en lo más mínimo, pero hace mucho dinero. Cuando era niño pasábamos los veranos en Nueva York, tenía muchas exposiciones de arte en galerías importantes de la ciudad.

–¿Siempre quisiste ser un actor?

No podía quitar mis ojos de su rostro, estudiando cómo las luces bailaban sobre su piel. El tenue brillo del ambiente convertía sus ojos en piscinas ondulantes de miel oscura. Sus labios carnosos apuntaron hacia arriba en una sonrisa pícara que me dejó hecha un desastre tembloroso.

–En realidad me topé por accidente con la actuación cuando estaba en la escuela y me di cuenta de que era sorprendentemente bueno en ello. El club de drama era el único motivo por el que iba a la escuela la mayoría de las ocasiones – Dijo.

Eso lo podía entender. Un pequeño puñado de clases y maestros hicieron de mi estadía en la secundaria soportable.

–No estoy seguro de cómo era la vida en tu casa, pero por un buen tiempo, el club de drama fue mi lugar seguro –Sam admitió con una voz tenue.

Por un momento, sus ojos no abandonaron la mesa, luego me lanzó una sonrisa triste.

–Mi padre es un alcohólico –Dije. –La vida en mi casa no era más que un infierno y oscuridad. Especialmente luego de que Joey admitiera que era gay y lo echaran de la casa.

Sam asintió lentamente. –Mi padre tomaba cualquier trabajo que estuviera a su alcance y mi madre simplemente no estaba presente. Era una madre que no estaba disponible emocionalmente. En realidad, creo que tiene problemas mentales. Solía esconderse cuando el timbre sonaba. Siempre ha habido algo que no está del todo bien en ella, pero ambos insisten en que está bien y que no necesita ver a nadie.

–¿Tu padre era abusivo? El mío lo era, pero más que todo verbalmente.

Sam negó con la cabeza. –No, para nada. Mi padre nunca fue mi papá. Era el amigo, el tipo *cool* que me dejaba hacer lo que quisiera cuando quisiera. Ese papá salía más que todo cuando estaba bajo la influencia de algo. Está casi sobrio estos días. Fuma hierba de vez en cuando, pero eso es todo.

El mesero trajo nuestra comida. Los platos eran gruesos y blancos con un detalle dorado en las orillas. El mesero colocó en frente mío un plato con pasta y camarones bañados de una salsa blanca cremosa. Podía ver un camino de humo que alzaba hacia mi nariz un olor delicioso a ajo. El platillo se veía demasiado hermoso como para comerlo. Reprimí una risa mientras extendía la servilleta de paño rojo sobre mis piernas. Definitivamente, este no era el tipo de comida al que estaba acostumbrada.

—¿Qué hay de ti? —Sam preguntó. —¿Qué es lo que tú quieres, mi pequeña Rosalie?

Me paralicé con el tenedor a medio alzar. Escuchar cómo Sam me llamaba *mi pequeña Rosalie* provocó una dulce sensación cálida en todo mi cuerpo.

Me di cuenta de que estaba esperando una respuesta. —No lo sé, honestamente. LA única aspiración que tenía creciendo era largarme de mi casa. Solía fantasear con el día en que fuera libre, cuando no tuviera que preguntarme qué me esperaba del otro lado de la puerta.

—Cariño… —Sam susurró.

No soportaba ver la lástima en sus ojos. Dirigí mi mirada hacia mi platillo mientras recobraba la compostura.

—Bueno… —Aclaró su garganta. —Eres libre ahora, y estás a salvo. No tendrás que preguntarte eso nunca más.

Perdiéndome nuevamente en las piscinas profundas de terciopelo que eran sus ojos, me tragué el nudo que se había formado en mi garganta. Envolvió mis dedos con los suyos y los apretó. *A salvo* tenía un significado nuevo para mí, con Sam. *A salvo* era algo real y tangible a lo que me podía aferrar y en lo que podía confiar.

Toda mi vida había desconfiado de las personas. Me preguntaba si eran genuinos o si me estaban diciendo cualquier cantidad de mentiras que conseguiría que les diera lo que buscaban de mí.

Decidí que no haría eso con Sam. Él tenía una carrera, dinero y fama. No había nada que yo pudiera ofrecerle que él no tuviera ya, ¿así que por qué iba a desconfiar? Estaba desesperada por el amor y atención que me ofrecía sin pedir nada a cambio. Decidí en ese momento que haría todas mis dudas a un lado y confiaría en él.

Gozamos de un silencio agradable mientras comimos. Sentados en ese espacio tenuemente iluminado con Sam, no me sentía tan ilusa. Me sentía como una adulta. Cualquier cosa que pudiera haber pasado antes de este momento era un sueño que no me interesaba recordar.

El mesero rellenó nuestras copas de vino y retiró los platos. Haciendo números en mi mente me di cuenta de que iba por la tercera copa. Me gustaba la sensación cálida que sentía en mi cabeza. Estaba flotando.

—¿Actuar en Hollywood ha sido lo que esperabas que fuera? —Pregunté.

—Si y no. En realidad, solo quería divertirme y hacer películas. Nunca pensé que sería tan grande como lo soy ahora. Siento que mi éxito tiende a subirse a mi cabeza a veces.

—¿En serio? No me parece.

—Eso solo demuestra lo bueno que soy actuando —Sam dijo, riéndose. —Estoy bromeando. No me di cuenta del trabajo que implica ser un protagonista en una película. Entre la preproducción y postproducción, una película puede tardarse más de un año en estar lista, fácilmente. Mis escenas usualmente toman siete u ocho meses. Eventualmente, quiero dirigir y producir. Quiero tener el control de las historias que cuento. Ahora, ¿el teatro? El teatro es mi alma y corazón.

Mi corazón se hinchó cuando Sam pagó la cuenta. Era tan exótico para mí. La forma en la que se movía y se desenvolvía en el mundo. Emanaba encanto. No tenía experiencia real con la cual compararlo, pero si sé que no era como ninguno de los chicos de casa. Sam extendió su brazo para que me apoyara en él. Dejamos el restaurante y, a pesar de que no quería que la velada terminara, me llevó a casa.

Sam me tomó de la mano hasta que llegamos a mi apartamento, con una sonrisa tímida dibujada en su rostro.

–Es una pena que la noche haya terminado –Dijo, posiblemente leyendo mi mente mientras cerraba la puerta del auto frente a mi edificio. –Hay algo sumamente diferente en ti, Rosalie. Algo que no puedo identificar, pero no quiero dejarte ir. Eres como una bocanada de aire fresco luego de haber estado sumergido en agua. La idea de ser el primer hombre que te enseñe el mundo, que te haga sentir… Simplemente no puedo describir la forma en la que me haces sentir.

Mi corazón empezó a latir con fuerza industrial. –Pero… ¿Por qué querrías a alguien como yo? No soy bonita, soy gorda. Podrías tener a cualquier mujer que desearas. ¿Por qué querrías a una simplona gorda?

–Nunca digas esas cosas de ti –Sam dijo de forma firme. –Eres absolutamente hermosa. Te he deseado desde el momento que te vi. Te deseo ahora, si tú también lo haces…

–S–Sam –Balbuceé. –Claro que te deseo también…

–Sé que esto es ir demasiado rápido, Rosalie, y sé que estás asustada, pero te prometo que te amaré y te cuidaré. ¿Me permitirías al menos enseñarte cómo te mereces ser amada?

Mis ojos se llenaron de lágrimas. No sabía qué era ser amada, pero si sabía que era lo único que había deseado en realidad. Alguien que simplemente me amara. ¿Cómo podía decir que no?

–Está bien –Susurré.

Sam me acercó hacia él y me besó. –¿A qué hora sales del trabajo mañana? –Preguntó cuando me soltó.

–Trabajo de las dos de la tarde a las diez de la noche.

–Me gustaría venir a recogerte para llevarte al trabajo. ¿Está bien?

–Claro.

Sam me acompaño hasta la puerta. Me abrazó. –Me estoy enamorando de ti Rosalie. Creo que te asusta la idea de que alguien te ame, pero te demostraré que no hay nada que temer. Claro, solo si tú quieres, porque una vez me hayas aceptado y seas mía, *serás mía*. No habrá vuelta atrás –Susurró en mi oído, sin soltarme.

–Si quiero –Le susurré de vuelta.

Sam terminó el abrazo y se alejó. –Te veré mañana.

Entré al apartamento con piernas temblorosas. La necesidad que me inundaba por adentro amenazaba con ahogarme. Si Sam me deseaba, dejaría que me tuviera.

Las dos semanas que siguieron nuestra cita, Sam me llevaba y traía del trabajo. La mayoría de las noches se sentaba a una mesa durante mi turno y esperaba para que saliéramos luego. El tiempo que compartimos juntos se sintió como un cuento de hadas. Sam hablaba de su deseo de casarse y formar una familia para darle a sus hijos todo lo que él nunca tuvo.

Sam me dijo cómo, en su juventud, su familia se mudaba constantemente de un lugar a otro cada vez que su padre aceptaba un trabajo nuevo. La educación de Sam, hasta cierto punto, estuvo a cargo de tutores personales en lugar de maestros de escuelas.

Para cuando llegó a la secundaria, cada uno de sus padres vivían vidas independientes, haciendo sus cosas sin el otro y sin Sam. Finalmente, los convenció de que lo dejaran asistir a la escuela en Los Ángeles, dándoles la libertad de hacer lo que quisieran sin la responsabilidad de tener un hijo al que cuidar. Detuvieron sus vidas lo suficiente como para inscribirlo, y en cuanto terminaron con eso, las retomaron sin ver atrás.

Un viernes por la noche, luego del trabajo, Sam me llevó a su casa, una estructura hermosa de dos pisos, estilo francés con un garaje independiente acurrucada en *Hollywood Hills*, un vecindario abismalmente distinto de Hollywood Oeste. Todo me dejó boquiabierta, desde la decoración hasta el amueblado.

Pisos blancos de roble brillaban con un concepto abierto en el suelo de abajo. La sala se abría a un comedor gigante con área familiar, y la cocina parecía pertenecer a un restaurante de cinco estrellas.

Una puerta corrediza enorme de vidrio en el comedor dejaba ver un patio trasero enorme con una fogata. A un lado de la sala había una serie de gradas gigantescas que ascendía a una pequeña plataforma con más escaleras que llegaban a cuatro habitaciones en el piso de arriba. Nunca había visto una casa tan grande o glamurosa.

Nos sentamos en un sofá de cuero blanco en la sala, frente a la chimenea.

—¿Qué te parece? —Sam preguntó.

—Es preciosa —Exclamé. —He estado en casas bonitas antes, pero no creo haber estado en una casa tan elegante como esta. ¿También tienes sirvientas y mayordomos?

Soltó una risita y negó con la cabeza. —Tengo un equipo de cuidado de jardín que viene una vez a la semana y un servicio de limpieza que viene dos veces al mes a limpiar las paredes y las tablas de los pisos. No me mantengo aquí tanto como para necesitar que vengan más seguido.

—Ostentoso —Reí, estudiando la sala nuevamente.

Sintiendo su mirada en mí, me volteé hacia Sam. Sam me miraba con ojos intensos. Algo que parecía hambre y pasión ardía detrás de sus ojos. En ese momento, pude haberlo visto para siempre.

—Rosalie, ¿entiendes que te amo cierto? —Preguntó.

—Si Sam. Yo también te amo —No se lo había dicho antes, no se lo había dicho nunca a ningún hombre.

–Te deseo Rosalie, te deseo solo a ti. Te quiero aquí conmigo. Este es tu hogar ahora. Déjame amarte, déjame darte todo lo que mereces.

Sam me besó y enredé mis manos en su cabello. Sus besos se volvieron demandantes. Mi mente estaba flotando. Dejó un rastro de besos a lo largo de mi cuello y se movió con sus labios al borde de mi blusa. Lentamente, desabrochó cada botón, liberándome de ella para seguir con mi sostén. Mi corazón dio un vuelco y me azotó una ola de vergüenza. Tomé mi blusa y me cubrí.

–Detente –Susurró. –Eres hermosa, me encanta tu cuerpo. Por favor, Rosalie. Déjame demostrarte cuánto me gustas.

Complaciéndolo, dejé que sus labios se cerraran gentilmente sobre uno de mis pezones expuestos. Me corría deseo por las venas y me congelé. Me pudo haber pedido que le diera mi alma y lo hubiera hecho, sin duda.

Sam me acostó en el sofá y se acomodó encima de mí. Su peso me apretó contra los cojines debajo de nosotros y se sintió tan bien. Continuó besándome y jugando con mi cuerpo. Deseo y fascinación me tenían indefensa contra su hechizo. Mi respiración se entrecortaba y mi cuerpo temblaba.

Sam se detuvo y se apartó lo suficiente para verme a los ojos. –¿Ves? Te dije que te podía enseñar cosas.

Gemí una pequeña protesta mientras intentaba acercarlo a mi nuevamente.

–Aquí no –Susurró en mi oído.

Se levantó, me tomó de la mano y me levantó del sofá. Luego, me guio a una de las habitaciones en el segundo piso. Gentilmente, me acostó boca arriba encima de la cama y desabotonó mis vaqueros, luego los deslizó hacia abajo junto con mi ropa interior. Un pánico me azotó de inmediato, un pánico más intenso. Intenté agarrar las sábanas que estaban debajo de mi en un intento por cubrirme. Cuidadosa, pero firmemente, Sam inmovilizó mis manos.

Besó mi estómago y deslizó su cama cálida hacia el interior de mis muslos. Su boca me hizo cosas que ni siquiera sabía que eran posibles. Mi clímax llegó de una forma tan inesperada que grité con cada ola de placer que me azotaba.

Sam cubrió mi cuerpo tembloroso con el suyo y se acomodó entre mis piernas.

–Te amo –Susurró.

No podía hablar.

–¿Es esto lo que quieres? –Me preguntó. –No hay vuelta atrás luego de esto. Después de hoy, eres mía. Y estás aquí conmigo. ¿Es eso lo que quieres?

–Si.

Con un movimiento suave, acomodó su pene en mi apertura. –Te amo. Esto dolerá un poco al inicio, pero el dolor no durará mucho. ¿Estás segura de que te quedarás conmigo?

–Si –Exclamé entre gemidos.

Lentamente, se introdujo en mí, con un movimiento seguro y profundo. Un dolor intenso me apuñaló entonces. A medida que Sam empezaba a moverse en mi interior, la sensación incómoda se transformó en un dolor placentero. Sam susurró en mi oído cuánto me amaba a medida que él alcanzaba su propio clímax. Lo sostuve como si mi vida dependiera de ello.

Luego nos acurrucamos, nuestras manos entrelazadas. Sam me sostuvo cerca.

—¿Lo prometes? —Me preguntó.

—Lo juro.

Sentí su sonrisa contra mi cuello. —Mañana inicia tu nueva vida.

—¿Contigo?

—Conmigo, para siempre.

Mi estómago dio un brinco. No estaba asustada, no exactamente. Tal vez preocupada. Las cosas estaban sucediendo imposiblemente rápido, pero no me importaba. Alguien me deseaba, y de una u otra manera, me quedaría con él sin importar el costo.

Me quedé dormida adolorida y sumamente feliz, envuelta en los brazos de Sam. Por primera vez en mi vida, me sentía segura y amada. No tenía idea de qué traería el amanecer, pero no me importaba. Ya tenía todo lo que deseaba.

Capítulo Tres

Para cuando me desperté, la luz del sol cubría la habitación con un resplandor suave. Sabía que tenía que llamar a Joey, pero no me quería mover. Sam se acercó a mí y me dio un beso en la frente.

—Buenos días hermosa —Su sonrisa adormecida era difícil de resistir.

Mi estómago se hizo un nudo. A pesar de todo lo que Sam me había dicho la noche anterior, había llegado el momento de la verdad. ¿Este era el fin, o el inicio de nuestra relación? No sabía si estaba lista para ninguna de las dos opciones.

La sonrisa de Sam desapareció. —¿Qué sucede?

Asentí con la cabeza. Intenté articular palabra, pero todo lo que salió de mi boca fue un sollozo suave. Demasiadas veces a lo largo de mi vida me había ido a dormir con las cosas en paz, para despertarme en medio del infierno. No sabía si podía confiar en alguien aún. Mordí mi labio inferior, resistiendo el deseo de llorar.

—Estás preocupada —No era una pregunta.

Asentí, incapaz de verlo a los ojos.

—¿Te preocupa lo que pase ahora? Oh Rosalie…

—Rio. —Amor, te dije anoche que ahora eres mía. Ya no hay vuelta atrás, pensé que te había explicado eso.

Si, lo dijo una y otra vez, pero repetir las cosas una y mil veces no significa que sean verdad.

Sam se acomodó sobre su codo y acarició mi rostro. —Rosalie, no hay nada de que preocuparse. Eres mía, así de simple. ¿Por qué no nos vestimos para que vayamos a recoger tus cosas al apartamento de Joey y al comedor para decirles que ya no estarás trabajando ahí?

Wow. Mi cabeza daba vueltas. Los planes se estaban ejecutando mucho más rápido de lo que esperaba. Sam no me estaba dando tiempo para respirar, menos aún para procesar las cosas. —No puedo dejar a Joey. Él necesita que lo ayude con las cuentas.

Sam me dio un beso. —No, no necesita que lo ayudes. Ya me encargué de todo. Llamé al gerente del edificio esta mañana y la renta de tu hermano está pagada para lo que queda del contrato de arrendamiento.

Lo vi. No podía creer que Sam hiciera algo así. Joey se estresaba por la renta todos los meses y, casi siempre, los pagos se hacían con tardanza. No podía imaginar el alivio de mi hermano.

Mi estómago volvió a anudarse. Mi relación con Sam era como las relaciones en todas las películas e historias de romance que había visto o leído, ¿pero, por qué me estaba ayudando? No me conocía.

—Tampoco necesitas un trabajo denigrante de mesera tampoco —Me dijo. —Yo puedo mantenerte sin ningún problema.

Me dolía la cabeza. No podía formar una oración coherente. Lo quería, por supuesto. ¿Cómo podía no quererlo? Simplemente no estaba segura aún, de nada. Si algo es tan bueno como para ser verdad y todo eso…

Hice a un lado mi incomodidad y le atribuí mi sospecha a mi falta de experiencia.

—Se que esto puede ser abrumador para ti, pero te prometo, ya me he asegurado de que puedas estar conmigo, no queda ningún cabo suelto –Me dijo. –¿No es lo que quieres?

Nada de esto me hacía sentido. Pero ¿qué hace sentido a los dieciséis? Estaba tan desesperada por ser amada y por tener un amor que fuera mío y mío solo.

–Claro que si –Dije finalmente. Sopesé cada palabra para asegurarme de que no le quedaran dudas.

Sam soltó un suspiro que había estado sosteniendo y la tensión en su rostro se suavizó. –Por mucho que me encantaría quedarme en la cama contigo todo el día, tenemos mucho que hacer. Y estoy seguro de que Joey está preocupado por ti.

Asentí. Nunca había pasado una noche completa con Sam sin dejarle una nota a Joey. Me di una ducha mientras Sam iba a la planta de abajo, luego me vestí y me encontré con él en la cocina. Estaba haciendo café. Encendí un cigarrillo y marqué el número de Joey. Esperaba que estuviera despierto ya.

–¿Qué diablos Rosalie? –Casi gritó en el auricular. –Estaba a punto de llamar a la policía. Ya llamé a cada hospital en la ciudad y no te encontraba.

–Lo siento, –Dije. En verdad lo sentía, un poco. Le expliqué de forma resumida los eventos de la noche anterior.

–Esto no me termina de convencer Rosalie –Las dudas de Joey hacían que mi estómago se hiciera un nudo. –¿Por qué haría todo esto? Esto no me convence para nada.

–Todo estará bien –Estaba proyectando mucha más confianza de la que sentía en realidad.

–Bueno, en ese caso deberías llamar a mamá.

–Dime que no le dijiste nada –Le supliqué.

–No me culpes. Tu eres la que se dio a la fuga sin decirme nada. En mi defensa, pensé que estabas tirada en algún lugar moribunda. Al estilo de Black Dahlia.

Suspiré y terminé la conversación. Sam me vio por encima de su café. Su sonrisa relajada me tranquilizó. –Necesito llamar a mi mamá.

–Claro que si amor. Todo estará bien, te lo prometo –Sam me besó en la frente y salió de la cocina.

Pensé que lo que quería era darme un poco de privacidad. En lugar de eso, paró a mitad del camino. Sostuve mi respiración. Sam puede hacer muchas cosas en California, pero nunca se había enfrentado a mi mamá. Seguramente se iba a enojar.

Marqué su número. Su línea sonó una vez.

–Más te vale haber estado tumbada en una zanja sin un teléfono –Gruño en el auricular.

¿Qué le pasaba al mundo hoy pensando que era mejor que estuviera muriéndome en una zanja? –Mamá…

–¡Cállate! ¿Tienes alguna idea de lo preocupados que hemos estado? Eres imposible. Te subirás al próximo vuelo a casa señorita.

Mi corazón se congeló. –No, no me subiré a ningún vuelo. Me quedo aquí –Le di un jalón a mi cigarrillo en un esfuerzo por calmar mis nervios.

–¿Acaso me quieres poner a prueba niña? Tu hermano me contó todo sobre tu noviecito. ¿Asumo que sabe que eres menor de edad?

–Si.

–Eso, mi amor, es violación.

–No voy a admitir nada. Te estás equivocando –Contesté llena de rabia.

–Te has vuelto una sabelotodo. Ponme a prueba Rosalie. Él es doce años mayor que tú. ¿Dime qué hombre *normal* quiere una relación con una niña? Vas a venir a casa.

–No, ¡no iré a casa! –Le grité.

Mi mano temblaba tanto que solté mi cigarrillo. No iba a dejar que mi mamá arruinara todo como lo ha arruinado todo en mi vida. Un apretón de hombro me estremeció antes de que me diera cuenta de que era Sam el que estaba detrás de mí.

–Si intentas hacer que vuelva a casa, huiré y no me verás hasta que cumpla dieciocho, si tienes suerte –Amenacé a mi mamá con una voz que temblaba por la rabia y el miedo que le tenía a mi mamá en igual medida.

Escuché silencio al otro lado de la línea. No podía creerlo. Rara vez dejaba a mi mamá callada. Mi vida entera, siempre me coaccionó a hacer lo que ella quería.

–¿Lo amas? ¿O al menos crees que lo amas? –Preguntó finalmente.

–Si –*Creo*. Quería agregar *creo*, pero no lo hice.

–Rosalie, eres muy joven… Demasiado joven. Hay tantas cosas más en el mundo para ti. Por favor no tires tu vida a la basura por el primer hombre que te da los restos de su atención.

–No voy a ceder mamá.

Suspiró y escuché una inhalación fuerte, estaba encendiendo un cigarrillo. –No me siento cómoda con nada de esto.

–Lo siento mucho por ti –Estaba siendo grosera, pero no podía detenerme.

–No estoy de acuerdo con nada de esto. Tendrás que traerlo aquí antes de que siquiera empiece a considerar permitir que se de esta relación. Tanto tu como él querrán tener en mente que puedes mentir sobre muchas cosas, pero la fecha en tu certificado de nacimiento no es una de ellas. Así que, si quieren que les siga el juego, te sugiero que no me jodas.

–Y tu debes tener en mente que es tu palabra contra la de él. Le hablaré a Sam.

Por el temblor en su voz sabía que estaba llorando. Terminamos la conversación sin decirnos *te amo*. Había tomado mi decisión y no iba a dejar que me disuadiera.

Sam se sentó en frente de mí y le resumí las condiciones de mi mamá.

–Claro que podemos ir a Indiana –Dijo. –Amor, es tu mamá. Está preocupada y quiere protegerte. Además, haré lo que sea necesario para mantenerte a mi lado.

Sam se acercó hacia mí por encima de la mesa y me besó. Intenté soltar la tensión que se había acumulado en mi cuerpo. Este hombre estaba dispuesto a arriesgarlo todo para estar conmigo. Seguramente, eso significaba que me amaba. A los dieciséis años, eso hacía sentido perfectamente. Todos los libros y películas pintaban el amor así.

Sam arregló todo para que voláramos a Indiana al día siguiente. Llevamos a Joey a almorzar y luego volvimos al apartamento para recoger todas mis cosas, lo cual se acomodaba perfectamente bien en dos cajas con ropa y algunas fotos.

–Vamos a ir de compras –Sam dijo cuando vio mi equipaje tan escaso. –No te estoy haciendo de menos amor. Nunca has tenido la oportunidad que yo te doy, y ya es hora de que tengas todo lo que la vida te ha negado.

Llevamos mi uniforme al comedor y renuncié. Luego fuimos de compras. Todo esto era divertido y halagador, un sueño hecho realidad. ¿Cómo podía expresarme su amor de forma más clara? Sam nunca se fijó en los precios de las cosas que tomaba. Escogía todas mis prendas, desde la ropa interior hasta los zapatos. Hizo que me tallara varios sostenes. Todo tenía que combinar. Pagó para arreglarme el cabello, las uñas y el maquillaje. Amaba tanto mi cabello castaño que me llegaba a la cintura, que le pidió a la estilista que no me hiciera nada más que cortar las puntas y hacer una trenza francesa.

Le creí cuando me dijo que su estilo de vida y las personas a las que estaba expuesto le daban una ventaja en la vida que yo no había tenido, así que no objeté a que escogiera todo por mí. Después de todo, él era el que estaba pagando.

Para cuando terminamos, no me veía como la chica de dieciséis años, desarreglada y gorda que vi en el espejo esa mañana. Me veía como una joven dama sofisticada.

Estaba exhausta para cuando estábamos de camino a casa, pero teníamos que ir a una fiesta en la noche. Tuvimos suficiente tiempo para dejar todas las bolsas en la habitación y vestirnos.

El productor de una película llamáda *Instintos Naturales* estaba organizando una pequeña reunión y, porque Sam fue a una audición, tenía que ir. Estaba emocionado por poder presumirme. A pesar de mi alegría por estar con él, estaba hecha un manojo de nervios. Sabía que no iba a encajar con el grupo de gente en la fiesta. Sam se esforzó por alentarme, pero nada desanudó mi estómago.

La fiesta era en *Hollywood Hills* en una mansión que estaba cerca de la de Sam. La casa descansaba sobre un camino privado y estaba iluminada como un árbol de Navidad. El vecindario y la casa ambos parecían salidos de *Vida de los Ricos y Famosos*. Valets parqueaban los autos. Si entrecerraba los ojos, podía haber imaginado que estaba en los días gloriosos de antaño de Hollywood.

Sam abrió mi puerta y me ofreció su brazo. Sonreí, aunque sentía que vomitaría en cualquier momento. Tomé a Sam del brazo, sentía que flotaba a su lado mientras me guiaba.

Las mujeres eran más que hermosas. En sus peores días me ponían en vergüenza. Conocí a tantas personas que mi cabeza daba vueltas. La mayoría eran amables. Algunas mujeres me veían como si fuera alguna especie diferente.

Conocí al mejor amigo de Sam y compañero de trabajo, Holden Rae. Holden era hermoso, con una espalda ancha y pelo rubio que le llegaba a los hombros. Había protagonizado varias películas exitosas, era muy conocido, tal como muchos de los invitados de la fiesta. Me recordé a mí misma que, como una mujer adulta, no debía saltar de emoción y chillar cada vez que conocía a alguien.

Sam le dio a Holden una palmada en la espalda. —Holden, esta es mi Rosalie —Sam deslizó su brazo por detrás de mi cintura y me acercó a su lado.

No podía dejar de sonreír. —Es un placer conocerte.

Holden tomó mi mano cuando la ofrecí y la besó suavemente. Muy *Clark Gable.*

—El placer es todo mío. Los comentarios de Sam no te hacen justicia.

Mi cara se enrojeció. Estoy seguro de que me enrojecí hasta los pies.

Nos dirigimos hacia el bar y Sam ordenó bebidas. No me gustaba el olor o sabor del licor y no tenía idea de lo que Sam había ordenado. La bebida estaba horrible. Di sorbos pequeños mientras Sam y Holden conversaban. Unos momentos pasaron y estudié el espacio. De repente, la cabeza de Sam se giró a la derecha y me tocó la mano, captando mi atención.

—Ese es Dallas Riles, el director —Señaló con su cabeza a un hombre corto y sin cabello, del otro lado del salón. —¿Estarás bien si te dejo un momento sola con Holden?

—Claro —Le contesté.

Sam me dio un beso en la mejilla y se escabulló. No tenía idea de que hacer o decir. Miré abajó, hacia mi trago. Jugué un poco con la pajilla del cóctel e intenté encontrar algo que hacer con mi ansiedad. Gracias al cielo, Holden se compadeció de mi.

—Sam me cuenta que eres de Indiana. Yo nací en Evansville.

—¿En serio? Yo soy de Terra Haute —Estaba sorprendida por encontrar a alguien de casa aquí en Hollywood. Empecé a relajarme.

—Se exactamente dónde es. Vivimos en Evansville hasta que cumplí diez años, luego pasamos un año Ohio antes de que mis padres nos trajeran aquí para empezar nuestras carreras.

—No tenía idea de que eres del medio oeste. Ahora no me siento tan alien —Me reí, tan cómoda que tomé un trago más grande de lo que quería, ahogándome en el proceso.

—Veo que no eres una bebedora —Holden se ríe.

–No, en realidad no –Contesto, casi sin aire.

–¿Qué tal si te ordeno una Coca–Cola?

–Si, gracias.

Holden se excusa y escabulle entre el resto de las personas en el salón rumbo al bar. La sensación de nervios y náuseas regresan inmediatamente una vez me quedo sola. Estoy segura de que destaco como un pez fuera del agua.

–¿Disculpa? –Me dice una chica hermosa con pelo castaño.

Me esfuerzo por resistir la necesidad de planchar mi vestido con las manos y sonrío.

–¿Eres la cita de Sam Urban, correcto? –Me pregunta.

–Si, soy Rosalie –Le extiendo una mano.

La chica soltó una risita y el nudo en mi estómago se apretó aún más. Miró mi mano extendida e hizo una expresión. Dejé caer mi mano a mi costado.

–Okey, *Rosalie*, yo soy Jennifer –Dijo.

La miré. Parecía creer que su nombre debería significar algo para mí.

–Su exesposa –Dijo luego de un par de segundos.

–Ah, un placer conocerla.

Holden debió habernos visto hablando porque se apresuró a regresar a mi lado. –¿Qué diablos quieres? –Demandó.

–Ay, por favor… Cálmate. Solo me estaba presentando. No creo ver a mi querido exesposo por aquí –Escaneó el cuarto de forma muy evidente.

Mi ansiedad aventó a mi corazón a un galope errático.

Jennifer encogió los hombros, desinteresada. –Debe estar retocándose el maquillaje.

Me acerqué a Holden y puso un brazo protector alrededor de mí.

–Jennifer –Me asustó el tono amenazante en la voz de Holden.

–Ah, ¿acaso eres la niñera? –Lo vio haciendo pucheros. –Pobre Holden.

Vislumbré a Sam a medida que emergía de la multitud a nuestro lado. Nos alcanzó un instante más tarde y se plantó frente a Jennifer. –¿Qué demonios quieres?

Me alejé de Holden y Sam me tomó de la mano, acomodándose en frente de mí.

–Nada. Solo pensé en darle un par de consejos a tu juguete nuevo –Los ojos de Jennifer se clavaron en mí.

–Está lejos de ser un juguete. Además, tus consejos no son necesarios o deseados –el tono de Sam era tan frío que esperaba ver su respiración condensándose en nubes blancas.

Jennifer empezó a caminar, pero se detuvo y se inclinó hacia mí. –Ten en mente, pequeña, solo eres su juguete nuevo, algo para el momento –Espetó.

–Lárgate antes de que me saques de mis casillas –Sam gruñó.

Los ojos de Jennifer se clavaron en los de Sam. –¿O qué? Ya no soy tu saco de boxeo –Sus ojos volvieron a mí. –Para eso está ella ahora.

–Jennifer –Sam dio un paso en su dirección.

Ella no se movió. –No te preocupes. Nunca te pegará en la cara, no puede arriesgarse a que alguien se dé cuenta.

–¡Perra! –Sam gritó.

Jennifer retrocedió algunos pasos, luego le lanzó un beso a Sam y se fue.

Sam pasó una mano por su cabello, luego me miró. —¿Estás bien? Lamento mucho lo que pasó con Jennifer.

No estaba bien, pero sentía que tenía que fingir que lo estaba. —Si, estoy bien —Mi ansiedad estaba llegando a niveles nuevos. Estaba al borde de las lágrimas.

—No le pongas atención Rosalie, está loca —Holden dijo.

Sam soltó una carcajada. —Eso está de más decirlo. ¿Quieres que vayamos a casa?

Asentí con la cabeza.

—Vamos entonces. De todos modos, necesitamos empacar para nuestro viaje a Indiana —Sam reposó su mano en mi cintura y me acercó a él para darme un beso en la frente.

Inhalé el aroma terroso de su colonia y me sentí segura nuevamente, a su lado me sentí segura.

Nos despedimos y nos retiramos. Respiré el aire fresco de la noche, agradecida por haberme alejado de tanta gente. La confrontación con Jennifer me había dejado nerviosa. Aun siendo tan inocente e inexperimentada como era, había entendido perfectamente bien lo que Jennifer había insinuado.

Sacudí mi mente intentando recordar los detalles de su divorcio. No podía recordar ninguna referencia violencia doméstica en las historias.

Jennifer era actriz también, lista B, cuando mucho. Las revistas habían atribuido el divorcio de Sam y Jennifer a horarios largos y falta de tiempo juntos. A pesar de las pequeñas alarmas que sonaban en mi mente, me obligué a olvidar el encuentro. Su advertencia intentaba penetrar mi mente, pero no dejaría que el miedo destruyera la poca seguridad que sentía.

–¿Estás segura de que estás bien? –Sam me preguntó una vez nos habíamos acomodado en el carro.

–Si, estoy bien. Solo estoy cansada –Le dije. –Hoy ha sido un día largo.

–Si que lo ha sido –Concordó. –Temo que no será el último. Tengo la prueba de cámara para *Instintos Naturales* cuando regresemos. No tengo que hacer la audición formal, lo que significa que el papel es mío, seguramente.

–Eso es genial –Dije.

Me miró de reojo, luego encendió el motor del carro. –No permitas que Jennifer te moleste. En realidad, está loca. Por eso nos divorciamos.

–No me molestó –Mentí.

–Que bien. Te amo, lo sabes.

Sonreí. –También te amo.

Llegamos a la casa, lanzamos todas las bolsas al suelo e hicimos el amor. Dejando a un lado todas mis dudas, en realidad creí que Sam me amaba. Nunca había sido amada de esta manera. Sam constantemente me decía lo hermosa que era y lo mucho que significaba para él.

Decidí dejar de cuestionar nuestra relación por lo rápido que se estaban dando las cosas. Estaba tan desesperada por creer los cuentos de hadas y de amor a primera vista. Y Sam era tan dulce y romántico, no podía quitarme las manos de encima. Él era mi hogar.

Capítulo Cuatro

Me desperté antes del amanecer con el aroma de café.

Sam debió haberse levantado a medianoche. Las bolsas y cajas que dejamos regadas por todo el piso habían desaparecido y un vestido espectacular, junto con un juego de ropa interior y tacones altos, habían sido colocados cuidadosamente en una silla al lado de la cama para mí.

Así de grande es su amor por mí. Me dije, dando una pequeña vuelta frente al espejo.

Me duché y vestí, luego me maquillé y peiné antes de bajar a la primera planta.

–Buenos días –Dije, caminando hacia la cocina.

Sam me envolvió en sus brazos y me dio un beso. –Dios… Te ves preciosa.

Di otra vuelta para que pudiera admirar mi atuendo, un vestido púrpura intenso y sedoso con un escote pronunciado y *stilettos* púrpura. Perfecto para California, pero me preguntaba cómo me verían en Indiana.

–Vas a tener que dejar que me sostenga de ti mientras caminamos, o seguramente caeré sobre mi trasero con estos zapatos –Le dije.

Sam soltó una carcajada. –Te acostumbrarás a ellos, lo prometo.

Por complicado que fuera caminar con estos zancos, hacían que mis piernas costas y regordetas se vieran más largas y daban la ilusión de que tenía una figura femenina, en lugar de la figura esférica que consideraba que tenía.

LAX era un dolor de cabeza enorme y atestado de personas, pero pasamos aduanas rápidamente y en cuestión de minutos, ya estábamos sentados en el avión. Me daba pavor esta visita. Sabía mucho antes de que nuestro avión aterrizara que mi papá estaría de camino a casa, borracho y que mi mamá estaría de un humor terrible.

Aterrizamos en Indianápolis, rentamos un auto y manejamos las setenta y ocho millas a Terra Haute. Una vez llegamos a la ciudad, guie a Sam hasta la casa de mi mamá. Papá estaba sentado en el pórtico con una cerveza en mano. Mi mamá emergió rápidamente de la puerta principal y le lanzó una mirada de disgusto a papá. Me pregunté cuánto duraría la paz antes de que empezaran a discutir y papá regresara al pequeño apartamento que rentó.

Papá se dirigió hacia nosotros, dando pasos tambaleantes, y me dio un abrazo. Mamá se quedó inmóvil, con los brazos cruzados, un cigarrillo en mano y una expresión de desdén dibujada en su rostro. Los presenté a todos. Mamá no hizo esfuerzo alguno por apretar la mano de Sam siquiera.

—¿Quieres una cerveza Sam? —Preguntó mi papá.

—Me encantaría.

—Mi tipo de hombre —Papá le dio una palmada a Sam en la espalda y lo llevó dentro, mientras mamá y yo nos quedamos en el pórtico.

—¿Es esto lo que quieres en realidad? —Preguntó.

—Absolutamente.

—¿Por qué? ¿Por qué no puedes darte un poco de tiempo al menos? —Demandó.

–Porque lo amo. ¡Por Dios mamá! Sam es exitoso, construyó algo para él.

–Él no me gusta, Rosalie.

–Ni siquiera lo conoces.

–Y no quiero conocerlo –Me contestó.

Sabía por su tono y su actitud que no cambiaría de opinión. –Igual, no hace falta que lo conozcas – Dije con el tono más frío que pude.

–Solo estoy accediendo a esto porque sé que si no lo hago, harás lo que te dé la gana de todos modos.

Con eso, sabía que había ganado, pero también sabía que haría esta visita lo más difícil que pudiera. Nos miramos hasta que Sam y papá salieron.

Sam insistió en invitar a todos a cenar. Hasta que llegara el momento de la cena, fuimos a mi antigua habitación, guardamos nuestras cosas e intentamos aguantar la situación tan incómoda.

Para cuando salimos para ir a cenar, quería que esta visita terminara. En el restaurante, mamá picaba a Sam cada vez que podía, pero Sam nunca mordió el anzuelo. Siguió siendo un perfecto caballero en todo momento. Mi papá se embriagó y la velada terminó con él gritándole a mamá que dejara en paz a Sam.

Sam puso su mano en el hombro de mi papá. – Está bien, Larry. Está herida, piensa que me estoy robando a su bebé.

–Eso no le da derecho a ser una perra –Dijo mi papá.

Sam se recostó y se cruzó de brazos, lanzándole una sonrisita a mi mamá.

Si las miradas de mi mamá pudieran matar, papá habría caído muerto en el acto.

Sam pagó y nos fuimos. Una vez de vuelta en la casa de mi mamá, papá se fue y Sam y yo aguantamos otra velada incómoda. En su mayoría, Sam y mamá se ignoraron mutuamente, pero Sam nunca se apartó de mí. No podía esperar a que regresáramos a California al día siguiente.

A la mañana siguiente, mamá estaba despierta y esperándonos. Nos cocinó el desayuno, esperaba que fuera una ofrenda de paz, pero no lo era.

—Tengo algunas cosas que decir, y ustedes dos se van a sentar y van a escuchar —Enfocó su mirada en Sam. —No me gustas para nada, señor Urban, pero amo a mi hija. Estoy permitiendo esto porque sé que es tan testaruda y voluntariosa como yo. No me cabe la menor duda de que harías todo en tu poder para estar con ella, aunque le prohíba verte.

—Lo haría. La amo. Y ahora es mía —Lo dijo con una calma que yo no sentía.

—Eres un idiota —Dijo. —De la peor clase. Tienes dinero y crees que estás por encima de todo el mundo. Te voy a advertir una cosa, señor Urban. Si lastimas a mi hija, yo, personalmente, te cortaré el pito. ¿Si me explico?

—A la perfección —Sam contestó con el mismo tono frío que había usado con Jennifer. Sam se excusó para ir a recoger nuestro equipaje.

—¿Por qué no puedes ser feliz por mí y ya? —Le pregunté a mamá cuando Sam se fue.

—Porque eres una niña jugando a un juego para adultos, y me da miedo que pierdas.

—¿Y qué si no pierdo? ¿Y qué si estás equivocada? —Demandé.

—Entonces admitiré que cometí un error. Pero no lo estoy cometiendo.

Lanzó sus brazos hacia mí en un abrazo tan repentino que me asustó. Escuché a Sam bajando las escaleras, pero no me soltó.

—Te amo Rosalie —Dijo en mi oído.

—También te amo mamá —Hice mi mayor esfuerzo por no llorar.

—Siempre puedes regresar a casa, sin importar qué.

Me dolía el pecho. No podía recordar la última vez que mamá me había dicho algo tan lindo o la última vez que me había demostrado su afecto de forma tan auténtica. Ver las lágrimas no derramadas en sus ojos me hizo sentir una ola de culpa. Por un segundo muy breve, me pregunté cómo había sido ella a mi edad.

¿Había sido alguna vez delicada y llena de amor? Yo solo la conocía como la montaña tan dura y formidable con la que había peleado toda mi vida. Sam y yo caminamos hacia el auto rentado. Mamá nos siguió en silencio y con lágrimas en los ojos. Cuando ya estaba sentada en el auto, se inclinó hacia la ventana y me dio un beso en la mejilla.

Sus ojos se clavaron en Sam. —Cuídala. Y demuéstrame que estoy equivocada sobre ti.

—Eso planeo —Sam contestó.

Luego de haberle prometido que la llamaría cuando llegáramos, nos fuimos.

Sostuve mis propias lágrimas un rato, pero perdí la batalla. Sam puso una mano sobre mi pierna y me dejó llorar. Mi mano encontró la suya y la apretó. Finalmente, mis lágrimas cesaron. Iba en camino al inicio de una nueva vida con Sam.

■■■

Al día siguiente de nuestro regreso a California, Sam hizo su lectura para *Instintos Naturales* y consiguió el papel. La filmación iniciaría en una semana.

Durante esa semana, Sam me dio acceso a su cuenta bancaria y sus tarjetas de crédito. Cómo hizo todo mientras era una menor, nunca lo sabré. El dinero abre puertas, y por aquí, hasta las atraviesa.

Mi mudanza a la casa de Sam fue tremendamente rápida. Sam insistió que esta era mi casa ahora, pero aún me sentía como una invitada. No le dije esto, pero siempre parecía saber qué era lo que me molestaba. Me llevó a comprar un par de cosas que fijaran mi lugar en nuestro hogar.

No sabía nada sobre decoración, y la simple tarea de elegir cosas me abrumaba. Cocinar siempre me había hecho feliz, así que decidimos darle mi toque a la cocina. Una vez dejé que mis nervios se disiparan, encontré felicidad en esta aventura. Para cuando terminamos, tenía una vajilla completa nueva y un mezclador.

Siempre estábamos juntos. Nunca discutimos o peleábamos, disfrutábamos la compañía del otro. Holden era una parte enorme de nuestras vidas; casi todas las noches nos acompañaba con su novia de turno a cenar en casa o a hacer lo que fuera que estábamos haciendo.

Cuando Sam empezó a filmar, estar sola en la casa fue un periodo de ajuste extraño. Habíamos estado juntos 24/7 por csi un mes, pero, gracias al cielo, la filmación era local. Salía temprano en las mañanas, manejaba al set y regresaba a casa todas las noches.

Luego de que me acostumbrara a la ausencia de Sam, este capítulo nuevo se convirtió en una época de puro gozo. Me levantaba con él en la mañana, le preparaba el desayuno y lo veía irse al trabajo. Usualmente, llegaba a casa antes de las diez, para cuando ya tenía la cena lista. Todo era perfecto.

Habíamos estado juntos por casi tres meses cuando, una noche de otoño en octubre, preparé la cena y esperé, como hacía todas las noches. A medida que las diez se convertían en las once, luego medianoche y luego una en la mañana, empecé a entrar en pánico.

Sam tomaba la autopista de la costa pacífica para ir y regresar del set, todo el mundo sabía que esa autopista podía ser muy peligrosa. Conducir en la autopista de la costa siempre me dio miedo. A las casi dos de la mañana, estaba tan preocupada como para llamar al set. Una asistente tomó la llamada.

Luego de haberle explicado quién era y el motivo de mi preocupación, me informó que Sam había dejado el set cerca de las cinco de la tarde. Me aseguró que si escuchaba algo de él le diría que me llamara.

Estaba llorando amargamente. Me dolía el pecho. ¿Y si había estado en un accidente? Siempre me llamaba si planeaba llegar tarde. Además, nunca dejaba el set temprano sin venir directo a casa. Finalmente, a las casi tres de la mañana, el auto de Sam se detuvo en la entrada.

Sam se tambaleó hacia la casa y salté del sofá.

–Gracias a Dios –Dije, envolviéndolo en mis brazos. Podía oler alcohol. Ya no estaba asustada o preocupada, estaba enfadada.

–¿Estuviste tomando?

Se rio. —¿Qué? ¿Acaso eres mi madre?

—¿Cuál es tu problema Sam? ¿Estás borracho y conduciendo? —Demandé.

—¿Cuál es el problema contigo? —Tenía un brazo a mi alrededor, sosteniéndome firmemente mientras intentaba apartarme.

—Estaba aterrada. No sé qué haría si algo te sucediera —Dije mientras él besaba mi cuello. —Incluso llamé al set, dijeron que te fuiste de ahí a las cinco de la tarde.

Sam dejó de besarme y levantó su cabeza para mirarme a los ojos. —¿Llamaste al set?

El fuego que veía en sus ojos me dijo que no debi3a contestar su pregunta. Antes de que me tomara del cabello, ya me había dado cuenta de mi error.

—¿Estás controlándome? —Demandó.

—No, Sam. Te dije, estaba preocupada —Su mano se apretó aún más, tirando de mi cabello. —Me estás lastimando —Intenté apartarme.

Tiró fuertemente de mi cabello sin soltarme. —Nunca llames al set para preguntar por mí. ¿Entendiste?

—Ow, por favor. Está bien, ya entendí. Perdóname —Balbuceé.

Tiraba más con cada palabra. —¿Tienes idea de cómo se ve que llames al set preguntando por mí? ¡Perra estúpida!

—¡Detente! Aléjate de mí —Intentaba empujarlo. Un dolor terrible me hacía sentir mi cuero cabelludo en llamas.

—Hablas tanto como la estúpida de tu madre. Tienes que aprender cuál es tu lugar.

Sam me tomó por los brazos y me sacudió. Mi cabeza se sacudía de adelante hacia atrás con una fuerza violenta. Un mareo intenso nubló mi visión. Cuando por fin me soltó, me tambaleé hacia atrás hasta que caí en la alfombra.

—¡Eres un idiota!

—¿En serio? —Me tomó del brazo y me levantó de un solo tirón.

Alzó su mano como si fuera a cachetearme, pero en lugar de eso me empujó hacia atrás. Caí sobre la mesa de cristal, bañada en chayes. Un corte en mi brazo izquierdo pintaba todo con mi sangre, mientras otros cortes pequeños empezaban a sangrar. Me dolía todo el cuerpo.

—Iré a tranquilizarme. Espero que para cuando regrese hayas aprendido tu lección —Se volteó y salió por la puerta.

El auto de Sam se encendió. Los neumáticos rechinaron mientras salía del camino bruscamente. Y así como así, se había ido.

Demasiado sorprendida como para moverme, me quedé ahí, incapaz de llorar siquiera. Había cristal y sangre por todos lados. Mi cuerpo entero temblaba. Finalmente, rompí en llanto.

Sam había estado afuera por diez minutos siquiera, cuando alguien llamó a la puerta. Holden entró.

—¿Rosie? —Llamó. —Sam me llamó y no pude entenderle —Se congeló al verme. —Oh por Dios… —Susurró.

Lloré con más fuerza. Holden me alcanzó con tres pasos largos y se sentó a mi lado. Cuidadosamente, alzó uno de mis brazos y evaluó los cortes. Me quejé.

–Mierda… Lo siento mucho, en serio lo siento. ¿Qué pasó? ¿Sam hizo esto?

Me negué a verlo o a darle una respuesta. La herida de mi brazo estaba bañada en sangre, a pesar de que la hemorragia casi había cesado, pero los dos cortes más grandes seguían sangrando un poco.

–Rosalie, tengo que llevarte a un hospital.

Lo miré, horrorizada. –No, no puedo. Harán muchas preguntas.

–Rosalie, tienes que ir. Necesitas puntadas.

–No, Sam se meterá en problemas.

–¡Y que bien le caería meterse en problemas! –Holden dijo, alzando la voz. –Mira, inventa algo. No diré nada de lo que pasó, te lo prometo, pero tienes que ir.

Sabía que Holden tenía razón. –¿Prometes no decir nada?

–Si, por favor, vayamos a que te revisen.

–Pero Sam se molestará si regresa y no estoy.

–¡Al diablo con Sam! Yo me encargaré de él.

A regañadientes, acepté ir. Holden envolvió mi herida con una manta, luego me envolvió a mí con una frazada y me llevó al hospital del condado. Manteniendo su palabra, no dijo una palabra sobre lo que pasó en realidad. Aunque se portó civilizado, el doctor se mantuvo ajeno a la situación. La enfermera sospechó un poco más, pidiéndome que repitiera mi historia una y otra vez. La herida en mi brazo necesitó ocho puntadas, mientras que la herida en mi brazo derecho necesitó doce.

Antes de irnos, hicieron un análisis de sangre porque no podía recordar cuándo había tenido mi periodo por última vez y, por los analgésicos que me dieron, necesitaban saber que no estaba embarazada.

Un accidente de carro me salvó de las preguntas de la enfermera, quien tuvo que recibir dos ambulancias en la sala de emergencia. En medio del caos, me dieron de alta rápidamente luego de darme una receta y enviarme a casa.

Los medicamentos hicieron efecto, no podía caminar bien. Holden me cargó una vez llegamos a la casa. Encontramos a Sam en la sala. Había limpiado el desastre que había quedado luego nuestra pelea. Me pregunté si tendría que pagar por eso también.

Holden miró a Sam con ira. —La llevaré arriba. No puede dormir en el sofá —Con eso, le dio la espalda a Sam y me llevó con él. Sam nos seguía de cerca.

Holden me acostó sobre la cama y me quitó los zapatos. Me cubrió con las mantas hasta la barbilla.

Se irguió y miró a Sam. —Volveré en un par de horas para ver cómo está —Se acercó a Sam. —Tócala una vez más y te las verás conmigo.

Sam empezó a llorar. —No lo volveré a tocar. Lo siento tanto.

—Ahórrate el drama —Holden dijo. Se inclinó y me dio un beso en la mejilla, luego le lanzó una mirada a Sam y se fue.

Sam se agachó a mi lado y gateó hacia mí. Nunca había visto a nadie llorar como estaba llorando Sam entonces. Su cuerpo entero se sacudía con cada sollozo. Empecé a llorar también. Acaricié su cabello e intenté calmarlo.

—Lo siento tanto —Dijo entre sollozos. Sam se recostó sobre mi pecho y lloró como un niño.

Intenté consolarlo mientras flotaba a causa de las medicinas. Finalmente, los sollozos de Sam cedieron.

–Descansa un poco. Empacaré tus cosas –Susurró en mi oído.

Lo tomé del brazo y me esforcé para sentarme. –¿Te desharás de mi?

Sam me vio, confundido.

–Por favor, no me apartes de ti. Lo siento. Nunca llamaré al set otra vez, solo, no me dejes. Lo sostuve tan fuerte como si mi vida dependiera de ello.

¿Qué diablos me pasaba? Tenía puntadas en ambos brazos por heridas que él causó. Y aun así, yo era la que se estaba disculpando y rogando que no me dejara.

–No creo que quieras quedarte conmigo luego de lo que pasó –Susurró.

–Claro que quiero quedarme. Te amo, esto fue mi culpa.

En serio creía que la violencia de Sam fue mi culpa. También me negaba a regresar a casa de mi mamá lastimada y con la cola entre las patas.

Sam me abrazó y comenzó a llorar nuevamente. –¡Oh Rosalie! Te amo, lo siento tanto. Juro por Dios que esto no volverá a pasar.

En lo que a mi concernía, esto había terminado. Sam hizo una camita en el piso y durmió a mi lado. Las medicinas para el dolor me hicieron dormir hasta casi el medio día del día siguiente. Cuando finalmente me desperté lo suficiente como para darme cuenta de que tenía que ir al baño, el sol de medio día entraba por la ventana. Sam estaba sentado en la silla al lado de la cama.

–Hola Bella Durmiente –Dijo.

–Hola –Dije, intentando sentarme.

Holden se levantó y me ayudó. Sam entró al cuarto con una taza de café y mis cigarrillos.

–Gracias –Dije.

Sam me ayudó a levantarme. Fui al baño por mi cuenta y regresé. No entendía como las heridas en mis brazos hacían que todo el cuerpo me doliera, pero cada centímetro de mi cuerpo irradiaba dolor. La tensión en el ambiente me dijo que Sam y Holden habían discutido. El teléfono sonó y Sam lo contestó, dándome el auricular.

–¿Señorita Harris? –Una mujer habló. –Esta es Karen del hospital del condado de Los Ángeles.

–¿Sí? –Dije, recordando el nombre falso que había dado en la sala de emergencias. El corazón me escaló a la garganta.

–El doctor hizo unos análisis de sangre anoche mientras nos visitaba y recién recibimos los resultados. Felicidades, señorita Harris, está embarazada. Si aún no tiene un médico de cabecera, nos encantaría ayudarle a encontrar uno.

Estaba demasiado abrumada como para sentir algo más que sorpresa. –Uh, gracias –Susurré. –Está bien –Le entregué el auricular de vuelta a Sam.

Lo colocó en la base e intercambió una mirada con Holden.

Instintivamente, acomodé una mano sobre mi vientre. –Estoy embarazada –Dije.

El rostro de Holden se clavó inmediatamente en Sam, luego me miró a mi. –Felicidades, corazón – Devolvió su mirada a Sam. –Tócala ahora y te juro que te corto la verga yo mismo.

Lágrimas nuevas llenaron los ojos de Sam. –Nunca más –Se sentó junto a mí en la cama y me dio un beso.

Holden apretó mi mano y se fue.

Sam llamó a su doctor de cabecera y nos consiguió una cita con un obstetra para la mañana siguiente.

El doctor preguntó sobre mis heridas. Mi corazón latía con fuerza industrial mientras contaba la historia inventada en la que me tropecé y caí sobre la mesa de cristal. Sostuve la mirada del doctor y no permití que el miedo se me notara en la voz.

No podía recordar la última vez que había tenido mi periodo. Nunca habían sido regulares y Sam y yo habíamos estado teniendo sexo regularmente desde hace meses. El examen indicó que tenía dos meses de embarazo. Sam y yo lloramos.

Ese periodo de veinticuatro horas, desde nuestra discusión, a la visita a la sala de emergencias hasta la cita con el médico que confirmó que estaba embarazada fue una de las montañas rusas más agotadoras de mi vida.

–Wow –Sam dijo una vez habíamos regresado al auto. –Seré un papá. Te amo tanto Rosalie.

Sus preocupaciones parecían haberse esfumado.

–¿Sam? –Estaba un poco nerviosa sobre lo que le iba a decir a continuación. Estaba llorando como una niña. –Esto… –Alcé los brazos para que viera. –No puede volver a pasar. Nunca.

Negó con la cabeza. –Nunca, lo juro. Ni siquiera sé por qué hice lo que hice. Me odio por lo que te hice. Ya no tomaré tampoco. Lo prometo.

Le creí y creí que podíamos olvidar el incidente, así que no lo presioné más. La vida creciendo en mi interior valía cada incomodidad, incluyendo ese viaje a la sala de emergencias. Sam y yo estaríamos bien.

Capítulo Cinco

No volví a fumar un cigarrillo o tomar otra pastilla para el dolor. Cuando declaré la casa un territorio libre de humo, Sam accedió sin cuestionarme y se deshizo de todos los cigarrillos. La vida era buena, tenía todo lo que siempre había deseado.

Sam les contó a sus padres sobre el bebé y los invitó a que vinieran el siguiente fin de semana para un asado. También llamó a su director, Dallas Riles, para compartir las noticias y arreglar su calendario de filmación para tener tiempo para las visitas al médico. Dallas Riles era uno de los mejores directores en el negocio porque consideraba a sus actores familia, prácticamente. Las familias siempre vienen antes que sus películas. Dallas estaba emocionado por nosotros.

A pesar de que Sam llamaba a familiares y colegas, no podía atreverme a llamar a mi mamá. No tenía idea de cómo iba a reaccionar y no estaba de humor para una pelea. Aun con todo el apoyo de Sam, el embarazo me tenía hecha un manojo de nervios. Me preocupaba todo lo que comía y no comía, si estaba comiendo demasiado o si no estaba comiendo suficiente. Pero, sobre todo, la idea de conocer a los padres de Sam, eso era mucho para mí.

Aún tenía las puntadas en ambos brazos. Ya no estaba tan adolorida, pero no quería tener que explicar los vendajes. Usé una camiseta y una camisa de manga larga sin abotonar encima. Había sido muy cuidadosa al asegurarme de que nunca nadie viera nada.

Mi primera impresión de mi futura suegra fue que estaba loca.

Cassandra estaba en sus cincuentas. Se presentó al asado usando traje de pantalón verde con un diseño de plumas de pavorreal, una bufanda larga que fluía hacia abajo y algo en su cabeza que se parecía a un turbante. Bill, el padre de Sam, usaba una camiseta y vaqueros.

Cuando mucho, puedo describir a Cassandra como excéntrica. Prefería psicótica. Abrumaba a Sam como si tuviera tres años en lugar de veintiocho. Era dramática y ruidosa. Sam nunca había hecho, y nunca haría, nada mal ante los ojos de su madre. Él era perfecto.

En lugar de tocar al timbre o a la puerta cuando llegaron, Cassandra abrió la puerta principal de par en par y lanzó sus brazos al aire. –¡Sammy! ¿Dónde está mi amorcito?

El rostro del padre de Sam se ruborizó con el bochorno que Cassandra le hacía sentir y le dio un pequeño codazo en las costillas. –¿Acaso no puedes ser normal y contenerte? ¿Por un momento?

–Siempre intentas apagar mi luz –Se lamentó.

–Oh Dios… –Sam balbuceó.

–Deja de mandarme –Cassandra le lanzó a Bill una mirada mientras lanzaba su bufanda alrededor de su hombro, dramáticamente.

–Mamá, papá. Me alegra mucho que hayan podido venir –La voz de Sam se alzó por encima de la de Cassandra.

–¡Mi niño! Ahí está mi angelito –Lanzó sus brazos alrededor del cuello de Sam y lo apretó.

La escena fue casi cómica. Literalmente vivían a media hora y Cassandra actuaba como si hubieran estado separados durante años. Luego, sus ojos se enfocaron en mí.

Soltó a Sam y se acercó a mí. —Esta debe ser Rosalie. ¡Ay, querida! Te estás robando a mi hijo. Ya no me necesitará tanto ahora que te tiene a ti y a tu hijo creciendo.

Sus ojos estaban abiertos de par en par, un poco salvajes, incluso, cuando me atrapó en un abrazo. No podía alejarme lo suficientemente rápido. Su entrada dramática y sus expresiones de amor tan exageradas hacia Sam me ayudaron a entender por qué Sam la describió del modo que lo hizo en nuestra primera cita.

—Ah, para ya. Siempre necesitaré a mi mamá —Sam dijo. Me guiñó mientras tomaba a su madre por los hombros y la dirigía afuera, donde ya teníamos la parrilla calentándose.

Bill estaba extasiado por el hecho de que se convertiría en abuelo. Cassandra, por el otro lado, no. Insistía que nuestro bebé no la llamaría *abuela*, ya que era demasiado joven para ser abuela. Ese asado dio paso a las cuatro horas más largas de mi vida. Creo que nunca me había emocionado tanto que alguien se fuera de mi casa.

—Papá te adora —Sam dijo mientras me ayudaba a limpiar.

—Tu papá es divertido. Tu mamá es, bueno…

—¿Psicótica? —Sam ofreció.

—Iba a decir algo como *diferente*.

—No. Ella es psicótica.

No pude discutir con él.

■■

Mi papá y Joey estaban emocionados por el nacimiento del bebé. Motivada por las reacciones tan positivas que había recibido por su parte, finalmente cedí y llamé a mi mamá. Me aseguró que estaba feliz por la noticia, pero era evidente que estaba escogiendo sus palabras con mucho cuidado. No me molestaba su actitud, porque la parte más difícil era decirle, y eso ya había acabado.

Dos semanas después, Sam organizó una fiesta en *A'Mour*, el restaurante al que me había llevado en nuestra primera cita, para poder hacer el anuncio oficial a sus amigos y familia de colegas.

Para entonces ya no tenía puntadas, pero los cortes aún se podían ver. Escogí usar un vestido con mangas largas para asegurarme de que las cicatrices estuvieran bien cubiertas.

Al final de la cena, el postre llegó en bandejas con domos dorados hermosos. Sam se levantó, presentando una imagen tan hermosa con su traje púrpura, que supe que nunca sería capaz de olvidar ese momento.

Sus ojos brillaban con lágrimas que no derramó cuando levantó el domo de mi bandeja. En lugar de esconder un plato, el domo escondía una cajita de terciopelo, acomodada en un rubí con corte rectangular, rodeado de diamantes. En comparación con el anillo, la tarjeta al lado de la caja parecía irrelevante, pero el mensaje era igual de importante. Dos palabras. *Cásate conmigo* escritas con el puño y letra de Sam.

Sam se arrodilló y tomo mis manos. —Rosalie, estos últimos meses contigo han sido los meses más felices de mi vida. Desde el momento en que te vi, mi corazón supo que tú eras la indicada. Te he buscado toda la vida. Aunque suene como el cliché más grande del mundo, lo nuestro fue amor a primera vista. Me enamoro de ti cada día más. ¿Compartirías el resto de tu vida conmigo?

Lloré tanto que no pude contestar, solo asentir. El restaurante entero se encendió en un coro de aplausos. Sam se levantó y me tomó en sus brazos.

–Gracias –Susurró en mi oído. –Gracias por quedarte conmigo.

Estaba extasiada. Nada podía minimizar este momento. Sam quería que nos casáramos lo antes posible y organizar la más grande de las bodas. Yo, por el otro lado, no quería una gran ceremonia o un grupo enorme de invitados, simplemente quería a Sam.

Cuando le dije lo que pensaba, Sam dijo –En absoluto. Te mereces la boda de cuento de hadas que todas las mujeres sueñan con tener.

Una vez Sam había tomado su decisión, no había forma de que cambiara de opinión. Nos levantamos tarde a la mañana siguiente. En la luz de un nuevo día, el brillo de la propuesta de Sam se empezó a disipar. Solo podía pensar en toda la planeación que debía hacerse en un periodo de tiempo muy corto y todos los problemas que seguramente surgirían.

Sam me dio una taza de café y se sentó al otro lado de la mesa, en frente de mí. El problema más grande que traería la boda se alzaba cada vez más, al igual que el sol de la mañana. Aún tenía dieciséis años. La ley de California demandaba el consentimiento de mis padres.

–¿Y qué hay con mis padres? –Le pregunté a Sam. –No sé cómo conseguirás que mi mamá firme los papeles.

—Ya me encargué de todo. No necesitas ninguna de las dos firmas —Sam sonrió por encima de su taza.

—No entiendo —Era una menor. ¿Cómo es posible que no necesite su permiso?

Sam se levantó y tomó un sobre de manila que descansaba sobre el refrigerador. Con una mirada llena de anticipación, me dio el sobre. Lo abrí y produje una pila de papeles que se miraban muy oficiales. Tuve que leer la primera página varias veces antes de poder entender el documento lo que este documento representaba. Estaba sosteniendo papeles de emancipación. Tenía una semana de ser una adulta, legalmente.

¿Qué diablos? —Aun no entiendo.

Sam me lanzó una mirada juguetona. Te ayudé a emanciparte, con la ayuda de tu papá.

Otra vez. *¿Qué diablos?*

—Tu papá y yo hablamos sobre el tema y decidimos que esta era la mejor opción.

La idea de ser libre de cualquier voz y voto de mi mamá sobre mi vida me encantaba, pero me molestaba mucho que nadie se hubiera molestado en consultar mi opinión al respecto.

—¿Qué sucede? —Sam preguntó. Tenía una habilidad sorprendente para transformar sus ojos cafés en piscinas de tristeza capaces de dejarme de rodillas. —¿Acaso no estás aliviada?

—Claro que si —Mentí. —Solo estoy sorprendida. ¿Cómo lograste hacer esto? Especialmente con mi mamá. ¿Y nunca tuve que presentarme a una audiencia, ni nada?

Sam sonrió, orgulloso, claramente orgulloso de sus acciones. —Bueno, tu papá se encargó de tu mamá, y nuestro abogado se encargó de la audiencia.

—Explícame —Le dije.

—Luego de que regresamos de Indiana, llamé a tu papá y hablamos sobre nosotros. Tu mamá es una perra amargada, y los dos acordamos que, probablemente, no iba a dejar que nosotros continuáramos con nuestra relación por mucho tiempo. Tu papá está de acuerdo con que tendrás una mejor vida conmigo.

—¿Y cómo convencieron a mi mamá? —Pregunté.

—Le dijo que los papeles que estaba firmando eran para conseguir la audiencia final de su divorcio.

—¿La engañó? —Pregunté incrédula.

Mi papá había retrasado el divorcio por más de un año. Aparentemente, el abogado de Sam había preparado los papeles de emancipación y se los había enviado a mi papá. Mi papá luego convenció a mi mamá de que estaba firmando los papeles de divorcio. Luego de que los había firmado, papá los envió de vuelta al abogado de Sam, quien se encargó de toda la situación de ese punto en adelante.

—Va a estar tan molesta —Dije.

Sam hizo un gesto con los hombros. —No hay nada que pueda hacer ahora. La audiencia fue hace un mes y no se presentó para hacer una apelación o algo por el estilo.

Lo vi. —¿Tu fuiste a la audiencia?

Una sonrisa pícara se dibujó lentamente en su rostro. —Fui en representación tuya. Quería sorprenderte. ¿Estás feliz, no?

Tal vez había algo de felicidad por algún lado, y un poco de alivio que podría sentir más adelante, pero por ahora, no podía hacer a un lado la frustración y el enojo. —Es demasiado para procesar en una sentada –Dije, suavizando la tensión en mi voz.

Su expresión se relajó.

Cálmate. Me dije. *Te ama y solo hizo todo esto para que pudiéramos estar juntos.*

Aceptaba eso, pero no me gustaba. Tal vez las hormonas del embarazo me tenían muy sensible, pero me sentía como un peón.

Independientemente de cómo me sintiera con respecto a los métodos de Sam, había resuelto el mayor obstáculo que nos presentaba nuestro matrimonio. El próximo obstáculo era la ubicación de nuestra ceremonia. Yo quería casarme en una iglesia. Me criaron en el catolicismo y, a pesar de que había faltado a misa un domingo, o dos, mi fe aún era extremadamente importante para mí. Sam era un ateo devoto.

–Me gustaría casarme ante la iglesia católica –Dije.

–Okey. No hay problema. Lo que sea que te haga feliz.

–No estoy segura de que podremos. Hay ciertas reglas y pasos que hay que cumplir antes de poder casarse ante la iglesia católica.

–Pequeña Rosalie, déjamelo todo a mí. Yo me encargo.

A estas alturas, no me quedaba duda alguna de que haría precisamente eso, encargarse.

Presentamos nuestra aplicación para casarnos y luego fuimos de compras.

■ ■

Fijamos la fecha para la boda para antes de Acción de Gracias, cuando estaría llegando a las quince semanas de embarazo, cuando aún no se me notaría, a pesar de haber subido de peso. Mi figura había crecido, pero aún no se podía notar que estaba embarazada con solo verme. A pesar de que mi papá ya sabía de la boda, aún tenía que llamar a mi mamá. Una tarde, mientras Joey nos visitaba, intenté sobornarlo para que la llamara.

—No, gracias. Mamá aún está enfadada conmigo por haberte dejado ir a tu primera cita con él —Joey señaló a Sam con la cabeza. —Sin ofender, Sam, pero te odia desde hace bastante tiempo ya. ¿Pero haber ido detrás de su espalda con papá para emancipar a Rosalie? ¿Y encima de eso que se entere por medio de una llamada telefónica? Ahora si te va a detestar.

—Eh —Sam encogió los hombros.

—¿Cuándo le dirán? —Joey me preguntó.

—Entre antes, mejor —Tomé el auricular inalámbrico de la mesa.

Joey se inclinó hacia mí. —Quiero escuchar.

—No. Si no accediste a ser el sacrificio que la calmara, definitivamente no mereces disfrutar del espectáculo —Le contesté.

—Ay, por favor.

—No.

—Está bien —Joey se quejó. —De todos modos, tengo que prepararme para el trabajo, pero quiero los detalles.

Le lancé una mirada a Joey.

—Grabaré la conversación para ti —Sam bromeó.

—¿Ves? —Joey empezó a dirigirse a la puerta. —Por eso me cae mejor él que tú.

Con mi mano libre, tomé un cojín del sofá y se lo lancé. Fallé miserablemente. —Ya vete, ve a trabajar.

Sam rio y Joey se fue. Me armé de valor y llamé a mamá.

–¡Ni de chiste! –Fue su respuesta ante las noticias. –Ya permití que este jueguito vaya demasiado lejos, Rosalie. No permitiré que arruines tu vida por completo. Tienes dieciséis años, ni siquiera puedes casarte legamente sin mi consentimiento.

Esta no era la forma en la que quería revelarle mi nuevo estatus legal, pero me había acorralado. –De hecho, no necesito tu consentimiento. Papi me emancipó. En lo que al estado de California concierne, soy una adulta libre de tomar mis decisiones.

–¡Mentira! Tendría que haber firmado algo –El temblor en su voz me decía que no estaba segura de lo que estaba diciendo.

–Si lo hiciste.

–¡No lo hice! –Gritó.

Tuve que apartar el auricular de mi oído.

–Los únicos papeles que he firmado son los de mi audiencia fin– –Balbuceó hasta que dejó de hablar. –¡Ese bastardo! ¿Sabías sobre esto, Rosalie?

–No, en realidad acabo de enterarme, cuando Sam me entregó los papeles.

–Claro que sí, él tuvo algo que ver con esto. Pásale el teléfono. Ahora.

Le ofrecí el teléfono a Sam. –Quiere hablar contigo. No tienes que hacerlo.

–Oh, si quiero hacerlo –Sam dijo con una voz dulce. La mirada en sus ojos era cualquier cosa menos eso.

–¿Si, querida futura suegra? ¿Cómo puedo ayudarte?

Sabía que estaba gritando porque podía escuchar sus alaridos y ver cómo Sam apartaba el auricular de su oído cada cierto tiempo.

—Está bien, Janet. Ya hablaste, ahora voy a hablar yo. Ya es hora de que dejes de ser una perra conmigo. La emancipación está hecha. No te presentaste a la audiencia a apelar. No es mi problema que no hayas recibido una notificación. Tu hija y yo nos casaremos dentro de tres semanas y media. Te sugiero que te presentes, apoyes a tu hija y hagas tu mayor esfuerzo por no estresarla. Si no, me aseguraré de que nunca tengas ningún tipo de contacto con Rosalie o con tu nieto —Sam me sonrió triunfantemente.

Mordí mi labio inferior. Mi mamá era una persona complicada, y era cierto que había hecho algunas cosas terribles, pero nunca cortaría lazos con ella o entre ella y su nieto.

—Janet, no tienes las finanzas para luchar conmigo. Este es un asunto arreglado. Perdiste. Te comunico a Rosalie —Sam me devolvió el auricular.

—Mamá…

—No puedo hablarte ahora Rosalie. Te llamaré en un par de días —Dijo con una voz ahogada.

—¿Al menos vendrás? —Intenté evitar que el pánico se me notara en la voz, pero no lo logré.

—Honestamente, no lo sé. Necesito tiempo. Te amo —Cortó la llamada.

Me sentía culpable. Sam había ido demasiado lejos, pero mi mamá lo había acorralado.

■■

Mi sentimiento de culpabilidad le cedió el puesto de primera fila a la planeación de la boda rápidamente. Las tres semanas de planeación de una boda gigante y glamurosa se sintieron como tres días y me estresaron más de lo que las palabras pueden expresar. Sam tomó todas las decisiones y yo se lo permití. Ciertamente, la boda no resultó del modo en la que yo la habría planeado, pero, a estas alturas, lo único que quería era todo acabara.

Sam contrató planificadores profesionales que se encargaron de apartar la iglesia y la recepción. Mi vestido fue lo único que yo decidí. Era un vestido de princesa con una cola catedral. La cola de diez pies estaba decorada con pequeñas flores tridimensionales y el corsé cubierto de perlas.

Cuando le informé a los planificadores de la boda que me encantaba los estilos *vintage* se decidieron por el tema de "Glamur del Viejo Hollywood". Mi vestido encajaba perfectamente con la fantasía de hermosas estrellas de cine que se convertiría en mi realidad en cuestión de días. Incluso yo tenía que admitir que me veía despampanante.

Holden iba a ser el padrino de Sam. Yo no tenía ninguna mujer familiar o amiga cercana, así que Julia Elliot, la co—protagonista de Sam en *Instintos Naturales*, accedió felizmente a ser mi dama de honor. Sam aún tenía un mes de filmación por delante, así que nuestra luna de miel tendría que posponerse hasta el final de diciembre.

Siempre fiel a su palabra, Sam y los planificadores lograron apartar la iglesia y al padre. Una semana antes de la boda conocimos al Padre Philip, un cura joven y amable con una sonrisa hermosa. Como muchos antes que él, sucumbió a los encantos de Sam.

La parroquia del Padre Philip era modesta y estaba ubicada en el corazón del centro de Los Ángeles. Nos permitió cumplir con una versión condensada de los requisitos matrimoniales para una boda católica. En lugar de la asesoría matrimonial obligatoria y las lecciones matrimoniales, solo tuvimos que participar en dos sesiones con el Padre, una juntos y una individual.

El primer matrimonio de Sam nunca fue tema durante las sesiones, a no ser que le haya mentido al Padre durante sus primeras conversaciones. Ambos tuvimos que confesarnos. Para mi "pecado" de sexo pre–marital tuve la penitencia de cien *Avemarías.* Nuestro matrimonio estaría bendecido por la iglesia.

Tres días antes de la boda, mi mamá llamó para decir que si vendría. Sam les compró el pasaje de avión a California a mis padres.

Luego de que anunciamos de manera oficial nuestro compromiso a los medios, nuestra boda estaba en los titulares de todas las revistas de chismes. Nos seguían y nos fotografiaban a donde quiera que fuéramos. Sam incluso pensaba permitirles a los fotógrafos de las revistas más populares cubrir la boda y la recepción.

Los reporteros querían entrevistarme, pero yo no quería tener nada que ver con los medios de comunicación. Así que Sam fue el que habló en las entrevistas mientras yo permanecía a su lado y le sonreía a las cámaras. Mi edad fue mencionada bastantes veces, pero la emancipación le restaba toda relevancia a las preguntas sobre mi minoría de edad.

El constante bombardeo de entrevistas, preguntas y decisiones de último momento mantenían mis nervios a tope. Entre la boda y mis náuseas matutinas apenas podía mantener comida en mi cuerpo. Mi doctor me aseguró que, ahora que iniciaba el segundo trimestre, las náuseas empezarían a ceder. Este bebé parecía no haber recibido el memo.

La noche antes de nuestra boda tuvimos la cena de ensayo en *A'Mour's*. Ahí conocí a los padres de Holden y a su hermana, Vicky. Me esforcé mucho por mantener mis nervios a raya, pero nada funcionó. Hice el papel de anfitriona y recorría al salón de banquete que habíamos rentado, atenta a cualquier problema entre ambas familias. Estaba en mi tercera ronda cuando Holden me detuvo.

–Rosalie, me gustaría que conocieras a mis padres, Louise y Sydney Rae.

Sydney era un actor de renombre y, a pesar de que sabía que era el padre de Holden, su fama me abrumó cuando me tomó la mano.

–Felicidades querida. Sam es un hombre bueno.

–Estamos tan felices por ustedes dos –Louise dijo. –Prácticamente criamos a Sam en sus años de adolescencia, así que esto se siente como si mi propio hijo se estuviera casando. Gracias por permitirnos ser parte de este día tan especial.

–Gracias por venir –Tartamudeé.

–Esta es mi hermana, Vicky –Continuó Holden.

–No sabía que tenías una hermana –Observé a la chica pequeña y morena. –Es un placer conocerte.

–Holden casi no habla de mí –Levantó su copa de vino en un saludo, dio un sorbo y luego agregó –Tiene miedo de que le robe la atención –Vicky le lanzó un guiño y un codazo juguetón a su hermano en las costillas.

–Ya quisieras –Holden dijo entre dientes.

—De hecho, vivo en Londres, así que no estoy por estos lugares muy seguido. Vengo a los Estados Unidos un par de veces al año. Espero que no te moleste tener a un invitado extra. Mi hermano insistió en que tenía que conocerte —Los ojos de Vicky resplandecían mientras que el rostro de Holden se enrojecía.

Sonreí. —No me molesta en lo absoluto. Creemos lo mejor de Holden, se ha convertido en mi mejor amigo aquí.

—Casándote con Sam, seguramente necesitarás a un amigo —Vicky susurró detrás de su copa.

—Está bien, suficiente alcohol para ti —Holden soltó una risita nerviosa mientras le quitaba a Vicky su copa de las manos. —Perdónala, ella y Sam no se llevan bien, que digamos.

Vicky negó con los hombros. —No particularmente, pero tú me agradas mucho Rosalie. Seremos muy buenas amigas. La próxima vez que venga tendremos que reunirnos, sin Holden o Sam.

Vicky me agradó de inmediato. Era ella misma, sin vergüenza alguna.

Miré a mis alrededores y me di cuenta de que mis padres estaban parados uno al lado del otro, hablando entre susurros y con ademanes que demostraban que estaban discutiendo. Me excusé y caminé hacia ellos.

En cuanto me vieron, dejaron de hablar y se lanzaron miradas. —Por favor, no aquí y no esta noche —Gruñí discretamente. No esperé a que me contestaran, en lugar de continuar con esta conversación busqué a Sam para iniciar el ensayo.

Una cena de ensayo normal debía durar cuarenta y cinco minutos, tal vez una hora, cuando mucho. La mía duró tres horas. Estaba feliz de al fin irme a casa.

■■

El día de mi boda, más de mil personas llenaron la iglesia. No reconocí ni un solo rostro sentado en las bancas a medida que mi papá y yo caminábamos hacia el altar, a excepción de los de mi mamá y mi hermano. En un abrir y cerrar de ojos, el Padre nos declaró marido y mujer.

Era, oficialmente, la Sra. De Urban.

Para la recepción llegaron incluso más invitados. Sam y yo posamos para lo que se sintió como mil fotos a lo largo de la velada. Cada cierto tiempo me pedían posar para una foto con un extraño. No me di cuenta del poco tiempo que en realidad tendría para disfrutar de mi propia boda. Mi mamá y Sam se ignoraron mutuamente. Me preocupaba que mi mamá montara una escena durante la ceremonia, pero, más que todo, se veía triste. Tanto ella como mi papá nos acompañarían para nuestra primera celebración de Acción de Gracias y luego volar de vuelta a Indiana al día siguiente.

Mis padres se fueron el día de *Black Friday* y al lunes siguiente, Sam continuó filmando su película. La vida regresó a la normalidad y el mundo siguió dando vueltas. Mi cuerpo continuó cambiando con el embarazo. Batallaba con náuseas en las mañanas, en las tardes y en las noches. Mis pechos me dolían todo el tiempo, a medida que mi estómago crecía y se hinchaba más cabía en menos ropa, lo cual le hizo maravillas a mi autoestima. Nuestra primera Navidad juntos fue ideal, aunque me faltó la nieve de

Indiana. Sam me compró una camioneta agrícola rosada y empezó a enseñarme cómo manejarla. Para el veintidós de diciembre, ya había cumplido diecisiete años.

Nuestra luna de miel pospuesta se convirtió en dos semanas gloriosas en Italia. Sam se mantuvo amoroso y cariñoso durante mi embarazo tan hormonalmente caótico. Incluso me llevó al Vaticano. No podía imaginarme algo mejor.

Capítulo Seis

En enero tuvimos los premios *Oscar* y *Screen Actor's Guild*. Sam fue nominado para un premio *Screen Actor's Guild* por un rol en la película *El Aroma de un Amante*, la cual terminó de filmar antes de que empezáramos a salir.

Cuando era niña, siempre había visto estos premios en la televisión, y ahora yo estaba yendo a uno de estos eventos en la vida real tomada del brazo de mi príncipe azul. Mi cuerpo temblaba con emoción al pensar en caminar sobre la alfombra roja con Sam. Los medios nunca tenían suficiente de mi embarazo, siempre que podían tomaban fotos de mi estómago creciente.

Para este momento tenía seis meses de embarazo, y me sentía enorme. Sam me aseguró que me veía hermosa. Mandó a hacer un vestido hecho a la medida para mí; un vestido largo de satín dorado que fluía a la perfección. Me sentía como una princesa.

Sam corrió por toda la casa mientras se arreglaba para el evento, hecho un manojo de nervios y emoción. *El Aroma de un Amante* había sido su primer rol afuera de las comedias y comedias románticas en las que participaba y estaba seguro de que ganaría el premio, sus escenas en esa película habían sido tan intensas que no podía imaginar un resultado diferente. Estaba creciendo como actor y esa película demostraba sus talentos.

Una limosina negra nos recogió en nuestra casa y nos llevó al centro de Los Ángeles. Los recuerdos de cuando veía los *Premios SAG* en la televisión de la sala en mi casa de la infancia no le hacían justicia a esta experiencia.

Nos bajamos de la limosina y me cegaron las luces de las cámaras apuntadas a nosotros. A Sam le encantaba la atención que le daban los medios, posando para las fotos acariciando mi estómago e incluso besándolo. Ambos estábamos en las nubes de la emoción.

Me quedé asombrada al ver todas las celebridades que se paseaban por la alfombra roja delante de nosotros, posando para fotos o participando en entrevistas antes de ingresar al salón. Los reflectores empeoraban el calor Californiano. Me aterraba la idea de mojar mi hermoso vestido con sudor. La caminata desde la limosina se alargó con cada parada que hacíamos para fotografías y entrevistas. Casi había empezado a pensar que nunca llegaríamos a nuestros asientos cuando Sam finalmente me guio a nuestra mesa.

Holden se sentó con nosotros junto con otros dos actores que no conocía y sus respectivas parejas. El aire caliente del salón estaba cargado de energía y emoción.

A medida que la noche progresaba, Sam se fue sintiendo más y más ansioso. Movía su pierna de arriba abajo debajo de la mesa. Finalmente, llegó el turno de la categoría de su nominación. Aspiré aire nerviosamente cuando vi la imagen de mi esposo y yo sentados a la mesa en las pantallas grandes colgadas en diferentes puntos del salón.

Sam apretó mi mano y la trajo a sus labios, una sonrisa enorme se dibujó en su rostro mientras el presentador decía los nombres de cada nominado. La mano de Sam se tensaba más a medida que los segundos pasaban.

—¡Y el ganador es Tom Ryan! —La voz del presentador retumbaba a lo largo del salón.

El lugar estalló en aplausos. Sam hizo su mayor esfuerzo por mantener la compostura mientras las cámaras lo enfocaban, pero su sonrisa se disipó. Apretó sus labios de forma muy discreta. Me lanzó una pequeña sonrisa y se unió a la banda de aplausos del público.

Se sentía terriblemente decepcionado, y yo también. Había trabajado tan duro para obtener esa nominación. De todos modos, se sacudió la decepción y se unió a la celebración el resto de la velada, como si nada hubiera pasado.

De vuelta a casa, Sam vio por la ventana en silencio. Lo tomé de la mano amorosamente y recosté mi cabeza sobre su hombro.

—Te amo —Susurró. Su voz sonaba quebrada, parecía que estaba al borde del llanto.

—Yo te amo más.

Sam me envolvió en sus brazos y me sostuvo el resto del camino a casa.

■■■

Luego de los premios, Sam se ensimismó un poco. Un par de días más tarde tuvo una reunión de todo el día con unos ejecutivos de cine en Santa Mónica. Decidí quedarme en casa descansando; me sentía enrome y muy cansada, todo me dolía.

A medida que mi embarazo progresaba, todo se volvía más y más difícil. Nuestro servicio de limpieza venía una vez a la semana ahora, pero odiaba tener personas en la casa. Hacía todo lo que podía yo misma; pasaba las mañanas limpiando y tomaba siestas en el sofá durante las tardes. El sonido del teléfono sonando me despertó con un susto. Me senté y lo tomé antes de que la llamada se cortara.

—¿Sra. Urban? —Dijo un hombre.

—¿Sí? — Respondí confundida. Nadie me llamaba a excepción de mi mamá y Joey.

—Mi nombre es Sargento Martin. Trabajo para el Departamento de Policía de Santa Mónica. Tenemos a su esposo en custodia —Dijo.

—Perdón… ¿cómo? ¿A qué se refiere con que tienen a mi esposo?

—Posesión de cocaína señora. Normalmente, no llamaría a las parejas de los detenidos, pero soy un gran admirador de su esposo y se siente avergonzado por esta situación. Me pidió que la llamara y le pidiera que venga a la estación a pagar su fianza. Estas cosas pasan, señora Urban.

Quería alcanzar el otro lado de la línea con mi mano y arrancarle a este hombre la garganta. Este tipo de cosas no *pasaban*. Por ingenua que fuera, sabía eso.

—Está bien, voy para allá. Gracias —Colgué el teléfono e intenté tragarme la ansiedad que amenazaba con provocarme un ataque de pánico.

Temblando de la rabia y del miedo, llamé a nuestro abogado, luego llamé a Holden y le pedí que me llevara a pagar la fianza de mi esposo. Era capaz de navegar nuestra pequeña área, incluso podía ubicarme en algunas partes de *Rodeo Drive* y *Sunset Blvd*. El centro de Los Ángeles, donde estaba ubicada la estación de policía, era una historia totalmente distinta.

–¿Sabías que Sam estaba usando drogas? –Pregunté, molesta.

Miró hacia abajo. –Si.

–¿Qué tan seria es la situación? –Pregunté entre sollozos.

Holden se acomodó, tratando de evitar mi mirada. Finalmente, suspiró y pasó su mano por su cabello. –Sam está muy enganchado, Rosie. Lo ha estado por un tiempo. Me sorprende que no lo sabías.

–Pues no, no lo sabía. ¿Tú le consigues la droga?

Holden debatió cómo contestarme. –A veces compartimos.

–¿Qué consume, exactamente?

Cuando Holden finalmente mi miró su expresión era una mezcla de simpatía y tristeza. Mi estomago se convirtió en un nudo de dolor. Quería abofetearlo.

–Lo que sea que pueda conseguir, Rosie.

Me hundí en el sofá, apoyé mi cabeza sobre mis manos y lloré.

–Rosie, cariño, no llores –Holden se arrodilló en frente de mí. –No llores por él.

–¿Por qué no me dijiste nada? –Sollocé.

–No sabía… Asumí que estabas enterada.

–¡Ay, por favor Holden!

–No sé, Rosalie. En serio, no sabía. Él siempre ha estado enganchado a estas cosas. Supongo que es algo de lo que te darías cuenta con el tiempo. Esto no es tu culpa, no es algo que merezcas.

–Bueno, ¿ya es tarde para eso no? Estoy a punto de tener un bebé y esto es lo que está haciendo. ¿Qué demonios voy a hacer?

Holden me sostuvo mientras lloraba. —Lo lamento tanto —Dijo suavemente.

Luego de un rato, dejé de llorar y sequé mi rostro para poder irnos. Ni Holden ni yo hablamos camino a la estación.

Ya en la estación, tuve que escribir un cheque para la fianza de Sam. Nunca había escrito uno, tuve que anular dos antes de que lograra hacerlo bien, con la ayuda de Holden. Pasó casi una hora mientras esperábamos a que soltaran a Sam.

Mientras los oficiales lo traían, mantuvo sus ojos en el piso. Mi corazón brincó en mi pecho. Cerré mis ojos e intenté mantener la compostura. Estaba muy enojada y, muy en el fondo, aterrada de lo que podría suceder luego.

Sam se arriesgó a verme e intentó sonreír. Le lancé dagas con los ojos y volvió a bajar la mirada. Me di la vuelta y salí de la estación sin decir una sola palabra. Cuando intentó tomarme de la mano lo esquivé. Subí al Jeep de Holden y cerré la puerta. De camino a casa, Sam se sentó en silencio, viéndose miserable.

—Rosalie… —Intentó decir.

—¡Ni hagas el intento! No quiero escuchar tus excusas y no quiero hablar contigo ahora.

Sam me lanzó una mirada desde atrás, pero se quedó en silencio. Holden nos dejó en casa, pero no se quedó. El auto de Sam había sido incautado, así que tendríamos que recogerlo luego de su audiencia en la corte, mañana.

—¿Cuál es tu problema? —Pregunté una vez habíamos entrado.

–mira, entiendo que estás molesta, ¿okey? Pero esto es algo que no entenderías, así que déjalo. –Sam dijo.

Frunció el ceño con los ojos llenos de furia. Esa mirada me dijo que sería mejor que le hiciera caso, pero no podía.

–¿Entender? ¿Qué es lo que debo entender? Entiendo que mi esposo y el padre del hijo que estoy por dar a luz es un drogadicto y un mentiroso.

–Rosalie… –Me advirtió.

–*No*. Me mentiste y me escondiste esto. Esto termina ahora, o me voy.

Sam encendió un cigarro con una confianza que sabía que no podía estar sintiendo. Con la cabeza pandeada a un lado, me sonrió. En circunstancias diferentes, esa sonrisa habría hecho que mi corazón bailara.

–¿Te irás? –Preguntó. –¿Te irás con *mi hijo* y me dejarás?

–Absolutamente –Le contesté.

Sam le dio una calada al cigarro y asintió. Sin advertencia alguna, se acercó a mí con un paso y me abofeteó. Retrocedí unos pasos, atónita. Mi mano voló a mi rostro y lo miré.

–El hecho de que estás embarazada no significa que no te moleré a golpes –Me tomó por la blusa y me acercó a él. –Si vuelves a amenazarme con mi hijo, te mataré.

Mi corazón latía a mil por hora. Sam me soltó y se alejó.

–No voy a criar a mi hijo cerca de las drogas – Maldije el temblor en mi tono de voz.

–Como mi esposa, tu deber es lo que yo te diga. Y ahora, tu deber es cerrar la boca y apoyarme –La certeza y calma en su voz hizo que un escalofrío recorriera mi espalda.

Sam se fue para llamar al abogado. Colapsé en el sofá y me tragué las lágrimas. Me había casado con un monstruo.

Sam y yo apenas hablamos esa noche. Su audiencia estaba programada para mañana a primera hora, y el abogado le había dicho a Sam que no recibiría más que una pequeña reprimenda. Me quedé acostada esa noche, sin poder dormir e intentando organizar mis sentimientos.

Mi papá había sido un alcohólico toda su vida, así que sabía lo que implicaba esa adicción. Sam necesitaba ayuda. Tal vez había reaccionado de forma incorrecta, tal vez en serio se avergonzaba de lo que había sucedido.

Me quedé ahí en la cama, recordando todas las peleas entre mis padres que habían iniciado gracias al alcohol. A la mañana siguiente mi papá rompía en llanto y nos rogaba a mi mamá y a mí que lo perdonáramos. Lo había visto batallar contra su adicción en varias ocasiones, pero siempre había algo que lo detonaba nuevamente. Probablemente, ese detonante siempre fue la falta de apoyo de parte de mi mamá.

Sam tenía razón, necesitaba que lo apoyara, no que lo criticara. Sin importar qué, me quedaría a su lado y sería la esposa que merecía. En cuanto se despertó la mañana siguiente, me disculpé con él. Su rostro se relajó, como si el peso del mundo se hubiera levantado de sus hombros.

Estaba tan aliviada como él cuando aceptó mi disculpa. A esto nos referíamos cuando dijimos *"en las buenas y en las malas"*. Me sentía confiada en mi decisión de apoyarlo en lugar de abandonarlo. Sabía cómo se sentía necesitar ayuda con desesperación y no tener a nadie en quien apoyarse.

Ya que este era el primer incidente de drogas de Sam, el juez le permitió salir de la audiencia con seis meses de clases sobre alcohol y drogas y un periodo de seis meses a prueba. Ni siquiera le suspendió su licencia de conducir. En defensa de Sam, empezó de inmediato sus clases, pero el arresto fue algo que simplemente se escondió debajo de la alfombra. Cómo la historia nunca llegó a los medios, nunca lo sabré. Simplemente estaba feliz de que nadie se enteró.

■■

El mes de febrero trajo consigo los premios *Academy* y, nuevamente, Sam fue nominado para la categoría de Actor de Reparto, pero esta vez por su rol en *Solo Tú*, una comedia romántica que había terminado de filmar la semana que nos conocimos. Luego de la ceremonia, Holden hizo todo lo posible para convencernos de ir a la fiesta posterior.

—Vamos. Una vez que el bebé llegue no tendrán la libertad que tienen ahora.

—Gracias de todos modos. —Sam acarició mi estómago, ahora incluso más grande y redondo. Con siete meses de embarazo, pensaba que me veía como una ballena, pero Sam insistía que me veía más hermosa que nunca. —Creo que simplemente iremos por algo para cenar e iremos a casa.

Holden cedió. —Como quieran. —Me dio un abrazo y se apresuró a unirse al resto de los invitados.

La comida china era mi antojo más recurrente. Nos detuvimos para recoger algo de comer y luego nos fuimos a casa. Sam me ayudó a salir del vestido que había usado para el evento. No podía esperar para ponerme una camiseta grande y pantalones deportivos. Nos acurrucamos en el sofá mientras cenábamos. Luego de terminar la película que vimos, limpiamos un poco y subimos a la habitación.

Estaba teniendo un sueño de embarazo muy extraño en el que el bebé ya había nacido, pero no podía encontrarlo. En algún punto del sueño, mi pánico fue interrumpido cuando escuché el sonido del teléfono a lo lejos. Luego, Sam me moviendo suavemente para despertarme.

–Rosalie, cariño, despierta por favor. Tenemos que ir al hospital, Holden está en el intensivo.

Me levanté de un brinco. –¿Qué pasó?

–Tuvo una sobredosis. Tenemos que irnos.

Cuando llegamos al hospital media hora después, había reporteros inundando la entrada. Los guardias de seguridad nos guiaron adentro hacia donde Sydney, el padre de Holden, esperaba noticias sobre su condición.

–¿Syd, qué demonios pasó? –Sam demandó.

–Alguien le dio coca de mala calidad. Le hicieron unos análisis a las drogas que encontraron a su lado y descubrieron opioides y heroína mezclados con la coca. Creen que estuvo inconsciente cuatro o cinco minutos, así que los médicos se sienten confiados en que habrá muy poco o nada de daño cerebral.

Sam se puso pálido.

Sydney aspiró aire y empezó a llorar. –Lo trajeron de vuelta, pero está en un coma inducido para evitar que su cerebro se inflame. Las próximas setenta y dos horas serán críticas. Pueden verlo por un minuto si quieren.

Sydney nos llevó a la habitación de Holden y le dijo a la enfermera que éramos familia. Nos dejó entrar por cinco minutos. Louise estaba sentada en una silla al lado de Holden, acariciando su mano amorosamente. Su rostro cubierto en lágrimas encontró el mío y me ofreció una pequeña, triste sonrisa.

–Vicky viene en camino desde Londres. No sé cómo va a reaccionar al ver a su hermano así. –La máscara de valentía que vestía Louise se cayó y empezó a llorar.

Inmediatamente, Sam se acercó y la abrazó. –Lo superará Ma… Tiene que hacerlo.

Louise recobró la compostura y acarició a Sam en el brazo. –Háblale. Tal vez podrás alcanzarlo, donde sea que esté.

Louise salió del cuarto, limpiando sus lágrimas mientras se iba. Tanto Sam como yo jadeamos con la vista que teníamos frente a nosotros. Holden estaba cubierto de tubos que salían de su cuerpo, conectados a un sinfín de máquinas que pitaban. El sonido horrible que emitía el respirador y que hacía que el pecho de Holden se alzara y cayera era demasiado. Sam y yo nos abrazamos y lloramos.

Recobrando la compostura, Sam tomó a Holden de la mano y se inclinó hacia él. No pude escuchar lo que le dijo, pero cuando se irguió, le dio un beso en la frente. Yo besé su mejilla y puse mi mano en su pecho, cuidadosamente.

–Tienes que salir de esta –Susurré. –Eres mi mejor amigo. No puedo perderte. Este bebé necesita y merece conocer a su padrino. Tienes que regresar a nosotros –Besé su mejilla nuevamente y, luego de eso, la enfermera nos pidió que nos retiráramos.

Mientras manejábamos de vuelta a casa, Sam recobró el color en su piel. Durante el camino estuve viendo de reojo a mi esposo. Su cuerpo entero parecía temblar mientras se tocaba los ojos para secarlos.

–¿Sam? –Susurré. –¿Estás bien?

Soltó una carcajada temblorosa, luego se detuvo en un espacio al lado de la carretera y se parqueó.

Sus manos temblaban mientras encendía un cigarro. –Te voy a decir algo. Por favor, no empieces a criticarme. No esta noche, ¿okey?

Asentí y me pregunté qué decía sobre mí, como esposa, esta solicitud.

–Holden… Yo… –Sam estalló en llanto. Luego de un minuto, se recobró y continuó. –Debería ser yo el que está en el hospital.

Mi corazón me brincó a la garganta. –¿A qué te refieres?

–Holden me trajo un poco de coca a la casa antes de los premios.

–Oh Dios. ¿Tú también usaste? –Intenté examinar sus pupilas para ver si estaban dilatadas, pero no pude distinguir nada en la tenue luz del crepúsculo.

–No –Sam tomó mi mano y me besó la palma.

–Gracias Dios –Solté un suspiro de alivio.

–Quería hacerlo, más que nada –Dijo. –Pero no lo hice. Quería esperar a que te durmieras. Por favor no te enfades.

Lo envolví en mis brazos y lo abracé, fuerte. — Shh. No estoy molesta. No la usaste. Eso es lo único que importa ahora. Estás a salvo, estás en mis brazos y no en un hospital, conectado a esas máquinas.

—Lo lamento tanto —Sam lanzó la colilla de su cigarro por la ventana y se volteó para abrazarme. Me abrazó tan fuertemente que me lastimaba, pero no le dije nada.

Estaba tan agradecida de que estuviera bien, solo quería abrazarlo y tenerlo en mis brazos siempre. Pasó un largo rato antes de que recobrara el control de sus emociones lo suficiente como para poder empezar a conducir nuevamente. En cuanto llegamos de vuelta a casa, lo seguí a la segunda planta y a nuestro baño. Sam tomó la tapa de la cisterna del inodoro y la alzó. Tomó una bolsa de papel que estaba adherida a un lado del compartimiento y desechó un polvo blanco en el agua. Luego, vimos cómo el polvo bailaba en círculos al ritmo del agua que fluía al drenaje. Nos quedamos ahí parados por un rato, abrazándonos. El sol comenzaba a subir en el cielo para cuando nos volvimos a acostar a dormir.

No pude conciliar el sueño, así que me quedé acostada y oré. Era lo único que sentí que debía hacer. Oré para que Holden se recuperara pronto y le di gracias a Dios por tener a Sam a salvo. Oré para que Dios me diera fuerza para poder manejar esta situación. Le rogué que arreglara este desastre y que salvara a Sam.

Todos los días de la siguiente semana visitamos a Holden. En cuanto el avión de Vicky aterrizó, se dirigió al hospital y se quedó al lado de Holden. Luego de cuarenta y ocho horas, los doctores empezaron a sacarlo del coma inducido. Tres días después, la sonda que lo alimentaba fue retirada también.

Holden tuvo mucha suerte de haber salido de su sobredosis con un grado muy leve de daño cerebral, un daño que afectaba principalmente su memoria de corto plazo. Dos o tres minutos más sin oxígeno y el daño en su cerebro habría sido mucho más serio. Después de diez minutos sin oxígeno, el cerebro empieza a morir, lo cual no tiene vuelta atrás.

Luego de dos semanas en la unidad de cuidados intensivos, dieron a Holden de alta y lo enviaron a un centro de rehabilitación. Al igual que Sam, Holden tomaba cualquier droga que pudiera conseguir. Había sido así por muchos años. Vicky se quedó con su hermano hasta que lo enviaron al centro de rehabilitación. Antes de irse de los Estados Unidos, me llamó y me invitó a almorzar. Acepté la invitación con felicidad. Durante todo el tiempo que estuvimos todos juntos en el hospital, solo le habló a Sam a través de miradas hostiles, con ojos llenos de culpa, así que su invitación a almorzar me ponía un poco nerviosa.

Nos reunimos en un café en *Rodeo Drive*. Con Holden fuera de riesgo, el lenguaje corporal de Vicky ya no demostraba la tensión que había mantenido durante el tiempo en el hospital. Sus ojos ya no ardían con la furia que había visto dirigida hacia mi esposo tampoco. Vicky me esperó afuera del café, su rostro se iluminó cuando vio mi figura claramente embarazada.

–Me alegra tanto verte. En especial fuera del hospital –Me abrazó, luego puso una mano sobre mi vientre. —Hola amiguito, la tía Vicky se muere por consentirte.

Empecé a relajarme cuando entramos al café y nos guiaron a una mesa. Revisamos el menú y le dimos nuestra orden al camarero. El interior del café resplandecía con la luz de la tarde, reflejándose en las paredes amarillas.

—¿Cómo estás? ¿Todo en orden con el bebé? —Vicky preguntó.

—Ah, sí. Aún tengo náuseas matutinas de vez en cuando. Mis pies se mantienen hinchados y duermo… Mucho.

—Mis náuseas eran terribles con mi último embarazo —Dijo. —Definitivamente no extraño estar embarazada.

Me reí. —Créeme, estoy más que lista para que esto termine.

Su expresión se llenó de seriedad. —Mira, lamento haber sido tan hostil mientras Holden estaba en el hospital. No quiero que sientas que mi problema era contigo.

—No, está bien. No puedo imaginar cómo me sentiría yo si Joey estuviera en la misma posición.

—Toda mi energía estaba enfocada en Sam —dijo.

Parpadeé, incapaz de entender lo que me decía.

—No me malentiendas, hay bastante rabia en mi interior dirigida a Holden, apenas empieza a escuchar todo lo que pienso de esta situación, pero culpo a Sam tanto como culpo a Holden.

Miré la mesa. Quería defender a Sam y señalar que Holden era un hombre adulto que había decidido abusar de su cuerpo con tanta droga. Pero también sabía que, en parte, era mentira. Sabía que Holden y

Sam se motivaban mutuamente. Así que, en lugar de hablar, simplemente me quedé en silencio.

—Ya sé que mi hermano es un adulto, pero la verdad es que fue Sam el que lo introdujo a las drogas —dijo. —Holden y yo no estábamos en la industria. Crecimos en Indiana y Ohio, ya éramos mayores cuando nuestros padres se mudaron aquí. Holden siempre hizo lo posible por encajar. Él tomó la decisión de usar drogas, pero Sam lo empuja a hacerlo.

Suspiré y encontré su mirada. —Lo sé.

Su expresión se suavizó. —Escucha. Te adoro, al igual que Holden. Me dijo que no sabías sobre la adicción de Sam, no hasta hace poco.

—No, en realidad no sabía. Me siento estúpida ahora.

—No te sientas así —Dijo, firmemente. —Siempre ha sido un experto escondiendo esa parte de él.

—Creo que la experiencia tan cercana que tuvo Holden con la muerte hizo que Sam vea la luz, sobre su adicción a las drogas —Dije.

Pausamos la conversación mientras que el camarero traía nuestra comida. Recé para que mi cuerpo recibiera las crepas de fresa que ordené, se veían deliciosas.

Cuando Vicky habló de nuevo, su voz temblaba levemente. —Por tu bienestar y el de tu bebé, eso espero. Pero por favor, no esperes que Sam renuncie a las drogas, Rosalie.

A medida que mi primer bocado se deslizaba por mi interior para asentarse en mi estómago, se empezó a sentir como una bola de hierro. Esa sensación molesta e irritante que se mantenía en la parte de atrás de mi mente palpitaba.

–Holden nunca ha intentado dejar todo eso atrás, no en realidad. No sé si es capaz de hacerlo. Estoy preocupada por mi hermano –Vicky extendió su mano al otro lado de la mesa. Lágrimas inundaban sus ojos, apretó mi mano. –Por favor, vigílalo. Por favor, ayúdalo a mantenerse sobrio hasta que regrese de Londres. Sé mis ojos.

Una emoción densa se apoderó de mí. –Por supuesto.

Vicky y yo nos sentamos ahí, tomadas de la mano, ambas con los ojos llenos de lágrimas sin derramar. Tan rápido como se había desmoronado su imagen compuesta y elegante para dar paso a la vulnerabilidad que en realidad sentía, aclaró su garganta, se secó los ojos y cambió el tema de conversación al bebé que me estaba permitiendo comer.

A pesar de mis protestas, Vicky pagó la cuenta.

Una vez afuera, me abrazó con fuerza. –Gracias. Creo que eres una muy buena influencia para mi hermano. Ten, mi número –Me dio un retazo de papel. –Llámame cuando quieras conversar y, por favor, mantenme al tanto sobre lo que pase con este hermoso bebé. No dudes en llamarme si necesitas algo. Tengo miedo por Holden, pero por ti también. Tal vez Sam y Holden podrán demostrar que me equivoco.

Nos despedimos y me dirigí a casa con la mente procesando todo lo que Vicky me había dicho. No podía identificar una sola emoción, así que simplemente oré para que todo se resolviera al final; para que Holden estuviera sobrio, para que Sam lo estuviera también y para que todos estuvieran felices y saludables.

Holden nos sorprendió a todos y completó su rehabilitación sin incidente alguno.

Exceptuando a Sam, cortó comunicación con cualquiera con quien haya tenido relación alguna en contextos de fiestas y locura. Su encuentro con la muerte había sido suficiente para enderezar su camino por completo.

El encuentro que Sam había tenido con su propia mortalidad, por medio de la experiencia de Holden, lo había afectado de manera profunda también. Tenía muchas más drogas escondidas por la casa, muchas más de las que yo habría podido imaginar. Tenía pipas, papeles y bolsas de pastillas por todos lados. Lo seguí de cuarto en cuarto a medida que recogía todo.

Me mantuve en silencio mientras lo veía deshacerse de las drogas, pero estaba furiosa. Todo esto estaba en nuestra casa, justo frente a mi nariz, y nunca sospeché nada. Eventualmente, dejé ir mi enojo. De verdad estaba intentando, y eso era lo que importaba. ¿Por qué molestarse por algo que ya había pasado?

Con la rehabilitación de Holden, imaginé que Sam tendría a alguien que lo entendiera, alguien en quien pudiera apoyarse, dándole una mejor oportunidad para alcanzar y mantener la sobriedad.

Luego de que Holden cortó lazos con su pasado, pasó mucho tiempo con nosotros, diciéndole a Sam que estaba viviendo vicariamente a través de nuestras experiencias. No tenía ningún problema con eso. Sam se estaba comportando como el futuro padre que era. Disfrutaba todo lo que tenía que ver con mi embarazo, desde las citas con los doctores, hasta las compras de mis antojos locos en las madrugadas. No era raro que él y Holden salieran corriendo a medianoche a buscar comida. Estaba feliz de ver a los dos hombres más importantes en mi vida viviendo una vida plena y saludable.

■■

Para finales de marzo, estaba sobre los nueves meses, esperando al dos de abril. Sam había ganado un rol en una película de horror llamada *Triángulo*. Gracias al cielo, era una película filmada en un set local. Durante mi embarazo, Sam solo aceptaba papeles de Los Ángeles, o cercanos. Me sentía agradecida de que se mantuviera tan cerca, especialmente ahora que estaba a punto de reventar. No quería que estuviera al otro lado del país cuando iniciara labor de parto.

Sam se sentía mejor si Holden se quedaba conmigo mientras él no estaba. A medida que se acercaba la fecha de nacimiento del bebé, mis nervios incrementaban. No tenía ni la más remota idea de qué estaba haciendo. Aparte de ayudar en la guardería de la parroquia en Indiana, nunca había estado cerca de bebés. Para la desgracia de Sam, mi mamá decidió visitarnos durante seis semanas para ayudarme a ajustarme.

—No entiendo por qué tiene que quedarse aquí por seis semanas —Se quejó con Holden y conmigo.

—Porque la necesito. Es mi mamá.

—Es una perra —Murmuró. —No es como que no pueda costear una enfermera, o una niñera.

—No quiero tener a un extraño en la casa. Mucho menos cerca del bebé, Sam.

Hizo pucheros y muecas. También noté que Holden estaba intentando desesperadamente aguantarse una carcajada.

–Intento mantenerme sobrio, y quieres que lidie con tu madre por seis semanas sin drogas –Sam dijo.

–Tengo fe en ti –Le dije dulcemente.

Sam me mostró su dedo de en medio.

–Además –dije, –si puedes con mi mamá, puedes con cualquier cosa.

–Estoy accediendo a esto únicamente porque te amo y porque tu *yo embarazada* da miedo –Dijo, fingiendo estar aterrado.

–No es cierto –Gemí.

–Si, si es cierto –Dijeron Sam y Holden al mismo tiempo.

–Es aterradora, en realidad –Holden no dejaba de sonreír.

–¿No tienes una casa en algún lugar, o algo? –Dije ariscamente. Tal vez si daba un poco de miedo.

Cuando llegó mi mamá, Holden se ofreció a ir a buscarla al aeropuerto, a lo cual no se opuso mi mamá. Adoraba a Holden, y él se llevaba muy bien con ella. Tener a mi mamá cerca no resulto ser tan complicado como esperaba. Ella y Sam hicieron lo que mejor sabían hacer y pretendían que el otor no existía.

La fecha de nacimiento estimada vino y se fue, aún no había bebé. Todo el mundo me trataba como si fuera una bomba que podía estallar en cualquier momento. Si me quejaba de un pequeño dolor, todo el mundo brincaba como si alguien hubiera disparado un arma. Pasaron dos semanas más y el bebé aún no venía. Me sentía miserable, gigante y todo me dolía. Ya estaba harta de estar embarazada. Ahora reconozco que la pequeña sensación de incomodidad que sentí la mañana en la que cumplí dos semanas extras de embarazo eran contracciones, pero asumí que era dolor de espalda.

—Moverse ayuda, a veces —Dijo mi mamá mientras tomaba un café.

Solo le lancé una mirada.

—En realidad, el sexo también puede ayudar a acelerar la labor de parto.

—No volveré a tener sexo nunca —Susurré.

Mamá se rio. —¿Por qué no vamos a caminar un poco? Tal vez eso te ayude.

—Está bien —Tomé aire para calmar mi irritación.

Sam estaba filmando en el set, fuera del centro de Los Ángeles, así que Holden estaba a cargo de conducir ese día. Los tres nos subimos a su Jeep y nos dirigimos al *Sunset Blvd*. Me sentía hinchada, acalorada y miserable. Pero si caminar significaba que vendría el bebé, estaba dispuesta a correr.

Recién habíamos ordenado algo de comer en un camión de comida cuando sentí algo caliente y líquido fluir por mis piernas.

—Ehm… ¿Mamá? —Parecía que estaba bailando donde estaba parada, aleteando con los brazos como si fuera una niña teniendo un ataque de pánico.

—Mierda. ¿Jan, qué hacemos? —Holden preguntó.

Me azotó la primera contracción fuerte, lo único que pude hacer fue morder mis labios para evitar que el grito que se formaba en mi garganta saliera de mi boca. Sentía como si me estuvieran desgarrando desde adentro. Agarré aire hasta que mi mano encontró la mano de Holden y la estrujé.

–¿Jan? Ouch… ¡OUCH! –Holden gritó.

–¡Rosalie! ¡Respira! –Mamá ordenó. –Holden, necesitamos llevarla al hospital ahora.

–Tienen. Que. Llamar. A Sam –Espeté entre respiraciones y dolores indescriptibles en el abdomen.

–Lo haremos. Primero, tenemos que irnos. Holden, ve por el auto.

–El auto, claro. Rosalie, ouch… Rosie, necesito que sueltes mi mano.

El pobre de Holden tuvo que arrastrar su mano de entre mis dedos para darle mi mano a mi mamá. Nos habíamos parqueado a dos cuadras nada más, pero se sintió como una eternidad, esperar a que Holden apareciera de nuevo con el auto. Nos colocó a mi mamá y a mí en el asiento de atrás y se apresuró al hospital.

Tuvo que haber roto cada ley de tránsito del condado de Los Ángeles. Cómo logramos llegar al hospital sin haber tenido un accidente, no lo sé. Holden logró ponerse en contacto con Sam desde el auto, dijo que nos encontraría en el hospital.

De hecho, Sam llegó antes que nosotros. Estaba esperando afuera, caminando de un lado a otro, con dos enfermeras a su lado. Su rostro se iluminó con alivio cuando vio a Holden detenerse frente a la entrada. Yo, por el otro lado, no estaba tan feliz. Estaba sintiendo el peor dolor que había sentido en toda mi vida. No había cantidad de clases de labor o de embarazo que pudieran haberme preparado para esto.

–¡Te odio! Tú me hiciste esto. No volverás a tocarme nunca más –Fueron las primeras palabras que le dije a mi esposo al verlo en el hospital.

Mi mamá le dio una palmada a Sam en el brazo. –Es normal, no lo dice en serio. Prepárate para escuchar muchas cosas más antes de que esto acabe.

Me senté en la silla de ruedas y tomé la mano de Sam. –Perdóname.

–Shh, todo está bien amor –Me consoló. –Entiendo que estás en mucho dolor, te amo. Ouch… Ouch… –Hizo una mueca de dolor cuando apreté su mano, al mismo tiempo que me azotaba una contracción nueva.

Holden sostuvo su mano en el aire. –Si, creo que a mí me la rompió.

–Cállate –Espeté. –¿Acaso tienes un ser del tamaño de una sandía luchando por salir de la cabeza de tu pene? ¿No? ¡Entonces cállate!

Las dos enfermeras soltaron una risita. –Hoy es un buen día para tener un bebé, señora Urban. ¿Está lista para conocer a su bodoque de felicidad? –Me preguntó una mientras me llevaba adentro. Asentí y respiré.

Una hora y cuarenta y cinco minutos más tarde, nuestro hijo nació. Anthony Wayne Michael Urban llegó al mundo el veintidós de abril de mil novecientos noventa y uno, a las cuatro de la tarde, con cincuenta y ocho minutos. Pesó ocho libras y seis onzas y midió veintiún pulgadas. Era una copia de Sam.

No recuerdo haber visto a Sam más feliz que ese día. Se veía más joven incluso. Era un padre ejemplar, atento. Anthony fue a la sala de recuperación una vez, luego de su circuncisión.

Al día siguiente, Sam le otorgó un par de entrevistas y le dio a la revista *People* fotos exclusivas de nuestra estadía en el hospital. Odiaba la atención. No quería que mi recién nacido estuviera en los medios. Le dije a Sam que estos primeros días de su vida eran privados, y debían mantenerse de ese modo.

No hizo caso a mis protestas. Era una celebridad, por ende, nuestras vidas no eran nuestras. Él y mi mamá tuvieron una discusión acalorada en mi habitación acerca de la sesión de fotos que planeaba. La discusión subió tanto de tono, que una de las enfermeras a cargo tuvo que amenazar con echar a todos afuera, celebridad o no.

Tuvimos tantos visitantes que tuvieron que asignar guardias de seguridad a la puerta de mi habitación. La prensa y los paparazzi inundaron el hospital y sus corredores al día siguiente, cuando me dieron de alta.

Sostuve al bebé contar mí mientras una enfermera me empujaba a través de las puertas principales, con la luz del sol de la mañana iluminándonos a Sam y a mí. Los reporteros nos atosigaban con cámaras y micrófonos. Lo que debió haber sido un momento dulce y privado, pronto se convirtió en una experiencia aterradora, cuando Sam se involucró en un incidente físico con un camarógrafo que bloqueaba nuestro camino. El tipo soltó su cámara en mi regazo, casi lastimando a Anthony en el proceso.

Mi mamá decidió quedarse y dejarnos a Sam y a mí llevar al bebé a casa, solos. El desastre con los medios me hizo agradecerle el no estar ahí. Los paparazzi nos siguieron a las puertas de nuestro condominio, hasta que fueron detenidos. Para cuando llegamos a casa, el bebé estaba llorando, igual que yo.

Capítulo Siete

Sam se adaptó bien a la vida de padre. Todo lo que tenía que hacer nuestro hijo era hacer el más mínimo de sonidos y Sam ya estaba a su lado. La relación entre Sam y mi mamá también cambió; aún no se agradaban mutuamente, pero se toleraban. Dejaron de criticarse el uno al otro, lo cual hizo de su convivencia en la misma casa algo más fácil para mí.

La partida de mi mamá fue agridulce para mí, pero creo que todos estábamos listos para regresar a la normalidad. Holden consentía a Anthony tanto como Sam lo hacía, no había escasez de amor en nuestra casa.

El tiempo parecía volar a medida que Anthony crecía. Era un bebé tan fácil y feliz. Tenía tres meses cuando Sam finalmente terminó su periodo de prueba. En verdad pensaba que lo malo había pasado y que ese capítulo de nuestras vidas se había acabado. El rodaje de *Triángulo* estaba terminando y todo iba bien. Hasta el treinta y uno de julio.

Ese día puse a Anthony a dormir la siesta como de costumbre, tomé mis cigarros, el teléfono y el monitor de bebé y salí al jardín trasero para fumar tranquilamente. Recién había terminado mi cigarro, cuando sonó el teléfono.

—Rosalie, necesito que me escuches y no discutas —La urgencia en la voz de Sam me llamó la atención. —Necesito que llames al abogado y traigas la chequera a la estación de policía.

—¿Qué pasó?

—Solo hazlo, por favor. Te lo explicaré todo cuando llegues. Solo ven a pagar mi fianza.

Sam cortó la llamada. No hubo un *te amo*, nada.

Encendí otro cigarro e intenté calmar mis nervios. ¿Qué diablos había hecho ahora? Sin estar segura de qué hacer, llamé a Holden.

Tomó la llamada en luego de dos tonos. –¿Qué tal, dama hermosa?

–¿Estás ocupado? –Pregunté.

–¿Para ti? Nunca.

–¿Podrías venir a recogernos a mí y al bebé y llevarnos a la estación de policía?

–¿Pasó algo?

–Honestamente, no tengo idea –Contesté. –Sam solo me pidió que llamara al abogado y que fuera a la estación.

–Santo Dios –Susurró. –Voy en camino.

–Gracias, lo siento –Dije, haciendo un esfuerzo por tragarme las lágrimas que amenazaban con salir.

–¿Por qué te estás disculpando?

–Siempre que te llamo hay algo mal.

–No tienes nada por qué disculparte –Dijo. –Además, esto es lo que haces cuando amas a alguien. Llegaré en un momento.

Colgamos y entré para preparar al bebé. Estaba extremadamente molesto por la interrupción de su siesta y no se tranquilizó hasta que llegó Holden y lo tomó en sus brazos.

–¿Qué tiene mi amiguito? –Holden mecía a Anthony en sus brazos.

–Lo tuve que despertar para cambiarlo –Le expliqué.

En un abrir y cerrar de ojos, Anthony se tranquilizó y vi sorprendida cómo veía a Holden con una sonrisa. –Traidor –Dije.

–No te enfades mamá, simplemente ama a su tío –Dijo Holden en voz de bebé para Anthony. Le dio un beso en la mejilla. –¿Estás bien?

–En realidad, no. No tengo idea de qué encontraremos cuando lleguemos a la estación.

Una sonrisa triste se dibujó en su rostro. –Vas a estar bien. Yo voy a estar contigo, sin importar qué.

Los medios ya se habían enterado del arresto y aglomeraban la entrada de la estación para cuando llegamos. Descendieron sobre nosotros como los buitres que eran, poniendo cámaras y micrófonos frente a nuestros rostros. Holden cargaba a Anthony con un brazo, intentando evitar las cámaras.

Fuimos bombardeados por luces de cámaras y preguntas. –¿Señora Urban, nos puede decir algo sobre el consumo de drogas de su esposo? ¿Es cierto que su esposo conducía estando drogado? ¿Está buscando algún tipo de ayuda?

Un fotógrafo saltó de la nada frente a Holden y le tomó una foto a Anthony. Holden se tropezó, grité cuando mientras caía del lado. El costado de la silla de Anthony se raspó contra el concreto, pero Holden se las arregló para no soltarlo. Anthony soltó un grito desgarrador.

Holden se irguió de inmediato y le lanzó un puñetazo. Las cámaras lo captaban todo mientras la multitud estallaba en caos. Dos oficiales salieron del precinto y nos ayudaron a ingresar. El reportero al que le pegó Holden gritó que quería presentar cargos.

Holden casi le da a la nariz del reportero, pero el desgraciado quería sacar de proporción lo que había pasado. Mis nervios estaban a tope. Sostuve el brazo de Holden, llorando en silencio a medida que nos abríamos paso a través de la multitud. Uno de los oficiales, un hombre mayor con acento neoyorkino alzó su mano para detener al reportero molesto.

–Te invito a presentar cargos, –Dijo el policía. –Pero te advierto, también te levantarán cargos.

–¿Por qué? Yo soy la víctima, él me agredió.

–No señor, usted fue el agresor. Le levantaré cargos por arriesgar al niño. El señor Rae estaba defendiendo al pequeño. Debería darle vergüenza, a todos ustedes.

Los oficiales nos escoltaron a una sala de espera donde me dijeron que podría hablar con un detective.

Holden alzó a Anthony, llorando, de la silla del auto y lo meció mientras le cantaba. Yo, por el otro lado, estaba furiosa. Ninguna madre desea llevar a su hijo recién nacido a una estación de policía a pagar la fianza de su esposo.

Luego de lo que se sintió como horas, un detective llegó a explicarnos los cargos contra Sam. Un hombre mayor con ojos azules y una vibra de gentileza.

–Soy Bob Whitman. Lamento haberla llamado, Señora Urban.

–¿Qué ha hecho mi esposo, exactamente? – Intenté mantener mi voz firme.

–Fue observado por unos oficiales conduciendo de forma errática en *Rodeo Drive*. Cuando intentaron detenerlo, intentó darse a la fuga. Una persecución corta prosiguió. Su esposo se subió a una banqueta y colisionó contra un poste de teléfono.

—Dios mío —Masajeé mi frente con mi mano. Intenté encontrarle sentido a lo que estaba pasando. —¿Está bien?

—Está bien, —Dijo el oficial. —Hablé con él en cuanto los oficiales lo trajeron y tuvimos una conversación larga sobre los eventos del día. Diría que su orgullo está más afectado que él mismo. El auto debió ser incautado, pero el carro no tuvo tanta suerte. No le levantaremos un cargo por resistencia.

—¿Cuáles son los cargos que tiene imputados? —Preguntó Holden.

—Manejo errático. Posesión de media onza de cocaína y unos cuántos narcóticos. Le hicimos unos análisis y salieron positivos para alcohol, así que también un cargo por manejar bajo la influencia de sustancias.

—Jesús —Susurré. —¿De cuánto es la fianza?

—Cinco mil, —Contestó. —Estos cargos son bastante serios, señora Urban. Por suerte, nadie salió herido cuando se estrelló contra el poste. Sin embargo, este es su segundo arresto relacionado con drogas. Recomendaré que un centro de rehabilitación sea parte de su sentencia. No creo que sea necesario encarcelarlo, pero es claro que necesita ayuda.

—Gracias.

Las lágrimas que no soltaba me estaban ahogando. No quería llorar en frente del oficial. No quería su lástima, o la de nadie más. El detective me dio una palmada en la mano y nos llevó a donde pude pagar la fianza de Sam.

Mientras el detective y yo hablábamos, Holden le dio de comer a Anthony, luego lo puso sobre su hombro para sacarle el aire. Durante más de una hora, me senté en una banca dura fuera del área de procesamiento de prisioneros. Holden sostuvo mi mano mientras procesaban la liberación de Sam.

—Que maldito desastre —Suspiré.

Anthony, prácticamente ebrio de leche, dormía apaciblemente mientras Holden lo acomodaba en su silla. —Lo sé —Entrelazó sus dedos con los míos. —Él no te merece, Rosalie. Nunca ha sido capaz de mantenerse sobrio, pero nunca ha caído tan bajo, tampoco. Temo por ti.

—Todo ha estado bien. Eso es lo que no entiendo. No hemos discutido, la película va bien, no entiendo.

—Necesitas alejarte de él —Dijo Holden.

Sacudí mi cabeza. —¿A dónde iría? Nunca me dejará alejarme, lo sabes.

Holden abrió su boca para contestarme, pero la puerta del área de procesamientos se abrió y Sam apareció. Holden cerró su boca de inmediato.

—Salgamos de aquí, por favor.

Holden abrochó la silla de Anthony en el asiento del auto y se irguió. Sam alcanzó la manilla de la silla donde estaba Anthony, pero Holden le pegó en la mano.

—No —Holden espetó.

—¿No? —Los ojos de Sam se enfocaron en Holden. —¿Qué diablos Holden? Es *mi* hijo.

—Aún estás pedo por las pastillas y la coca, se te nota en los ojos, y estás sudando como un cerdo. No lo vas a cargar.

Se quedaron ahí, viéndose. Por un momento pensé que empezarían a pelear, pero, para mi alivio, el mismo oficial que nos ayudó a entrar a la estación salió para escoltarnos al auto. La prensa se convertía en un caos.

Sam me tomó de la mano. Intenté soltarme, pero eso solo consiguió que aplastara mi mano. Lo último que quería era que me tocara, así que tiré más fuerte para librarme de su mano. Sam únicamente apretó más, lastimándome, así que me rendí. Tenía que dejar que sostuviera mi mano, o la rompería.

El auto de Holden parecía estar tan lejos mientras caminábamos en medio de las cámaras y sus luces. Docenas de reporteros nos seguían, gritando toda clase de preguntas vulgares. —¿Creen que el uso de drogas del señor Urban se está convirtiendo en un problema?

Los ignoré y mantuve mi vista en el piso. Llegamos al auto y me senté en el asiento del copiloto a propósito mientras Holden abrochaba la silla de Anthony atrás, junto a Sam. Una vez adentro del auto, Holden aseguró las puertas. Nadie dijo nada, Holden arrancó el motor y salimos de la estación. Los reporteros somataban el auto y Holden gritaba que se apartaran, o los arrollaría.

—¿Vale la pena siquiera que me disculpe? —Preguntó Sam luego de unos minutos.

—No —Holden y yo dijimos al unísono.

—Entiendo que tu estés molesta, Rosalie. ¿Pero cuál es tu problema Holden?

Holden soltó una risa sarcástica y gutural, a pesar de que sentía cualquier cosa, menos entretenimiento. El sonido me hacía pensar en una tormenta que se avecinaba.

Tragué. *Mierda.*

—Esta mierda casi me mata, ¿y aun así estás dispuesto a arriesgar tu vida por un subidón? —

Holden estalló. —Tienes a una esposa a tu lado sin importar las estupideces que hagas. Tienes una esposa hermosa, un hijo saludable. ¿Estás dispuesto a tirarlo todo a la basura? ¿Por qué?

—Porque es un idiota —Dije.

—¿Qué? ¿Qué dijiste? —Sam rugió. Se inclinó hacia adelante y me abofeteó.

Holden presionó los frenos sin avisar y se detuvo al lado de la calle. Detrás de nosotros sonaban bocinas a medida que deteníamos el tráfico. Holden desabrochó su cinturón y se volteó de forma inmediata. Alcanzó a Sam y le dio un puñetazo en la cara.

El sonido del impacto fue ensordecedor en el espacio confinado del auto. Por un segundo, el Jeep se mantuvo perfectamente inmóvil, luego Holden rugió, fúrico.

—¿Te gusta que te peguen? —Espetó. —¡Pégale una vez más y te mato!

Sam se arrinconó contra el sillón. Holden se volteó hacia el frente y, cuidadosamente, arrancó de nuevo. Nos dirigimos a casa en un silencio tenso, Holden llevó a Anthony adentro.

Le dio un beso en la mejilla, luego me abrazó a mí. —Si necesitas algo, cualquier cosa, llámame. No importa qué hora sea.

Asentí.

—Holden —Sam empezó a hablar.

—Cierra la boca Sam —Dijo, apretando la mandíbula. —Eres imposible. Hemos sido amigos desde que éramos niños. Me rehúso a ver cómo te matas con esta mierda. Ponte los pantalones de una buena vez.

Holden se fue dando zancadas y somató la puerta principal detrás de él. Tomé a Anthony de su silla y lo acomodé en su corralito con algunos juguetes.

—¿Qué demonios estabas pensando? —Demandé. No me importaba enojarlo.

—No empieces.

—¡*Ja!* Claro que voy a empezar.

—Solo cállate. Esto no es algo que entiendas. Déjalo ir —Gruñó.

—Esa es tu solución para todo. Ignorar el problema y esperar a que desaparezca. Esto no va a desaparecer, Sam. Te pusiste en riesgo hoy, te pusiste en riesgo a ti y a personas inocentes también. Sin mencionar que tu arresto estará en la portada de todas las revistas y periódicos del país. ¿Qué tan estúpido eres?

Sam se acercó a mí. —Rosalie, cierra la boca. Solo te voy a advertir una vez.

Estaba demasiado molesta como para escucharlo. —¿O qué, Sam? ¿Vas a pegarme? ¡Adelante!

Retrajo su brazo con su puño listo y me preparé para el impacto, tensa. Pero nunca vino, su puño se quedó congelado en el aire.

—¡Mierda, Rosalie! —Sam temblaba de la rabia. Finalmente, se dio la vuelta y subió.

Solté la respiración mantenía sin darme cuenta. Temblando, cambié a Anthony y jugué con él por un rato. Estaba tan enfadada y aturdida, que lo volví a poner en su corralito y salí para fumar. Docenas de pensamientos volaban por mi mente, no podía enfocarme.

Eventualmente, me calmé y empecé a preparar la cena. Cuando la comida estaba lista, subí para avisarle a Sam. No estaba en nuestra habitación, así que fui a su estudio. Cuando abrí la puerta, vi a Sam en su escritorio, agachado, inhalando la primera de cinco líneas finas de polvo blanco.

—¿Qué diablos estás haciendo? —Grité. —¿Es en serio?

Se volteó para verme. —Rosalie… Yo…

—No te molestes —Me dirigí al escritorio y lo sacudí con la mano, esparciendo el polvo en el aire.

—¡Perra!

—Estás enfermo. Nuestro hijo está abajo y tú estás metiéndote drogas.

Tomé la bolsa con el resto de polvo blanco y corrí al baño. Cerré la puerta mientras Sam gritaba y le pegaba. Abrí la bolsa con dedos temblorosos. Sam echó todo su peso en la puerta y la rompió, astillas de madera volaron en el aire.

—¿Qué crees que estás haciendo? —Gritó.

Logré abrir la bolsa y vertí sus contenidos en el inodoro. Con un gruñido casi animal, Sam saltó hacia mí y me sostuvo en el piso. Me pegó en el rostro, en los hombros y en los brazos.

—¡Perra estúpida! —Rugió. —Acabas de desperdiciar dos mil.

Lo empujé tan fuerte como pude y logré apartarlo. Me tambaleé fuera del baño, hacia la habitación. Me tomó del pelo y me jaló hacia él, con fuerza. Mi cuero cabelludo parecía estar en llamas. Grité. Tomó mi mano derecha y la torció. No había forma de confundir el sonido que hicieron mis huesos bajo su fuerza. Un dolor puro me botó. Me arrinconé en la alfombra, sobre la pared, sosteniendo mi mano rota.

–Por el amor de Dios Sam, me rompiste la muñeca.

–Ya deberías saber cuál es tu lugar –Espetó. – Lo siento, Rosalie –La mirada vacía había desaparecido de su rostro, ahora solo veía remordimiento y arrepentimiento en su rostro ruborizado.

Simplemente lo vi, con lágrimas en los ojos. – ¿Siquiera sabes el significado de esas palabras?

–Me obligaste a hacerte esto –Continuó, viéndolo todo, menos mis ojos.

–¿Te obligué a pegarme?

La cabeza de Sam se alzó de inmediato. La mirada vacía había vuelto. –No te he pegado, no aún, de todos modos.

–Tócame una vez más, y te juro por Dios…

Sam dio dos zancadas en mi dirección, me tomó por la blusa y me levantó. –¿Qué vas a hacer, Rosalie? Que ni se te ocurra amenazarme. Te lo advertí una vez. La única forma en la que lograrás alejarte de mí es en una bolsa para cadáveres.

Me empujó y me tambaleé, sosteniéndome contra la pared con mi muñeca rota. Gemí por el dolor.

Sam se rio. –Deberías revisarte eso. Ya sé, llama a tu novio. Estoy seguro de que vendrá corriendo para estar a tu lado. Zorra.

Anthony empezó a llorar. Sam y yo vimos en la dirección de la puerta. Se dio la vuelta y se lanzó hacia el corredor. Lo seguí mientras bajaba las gradas. Estaba sumamente drogado, me daba miedo que intentara algo con Anthony. Pero pasó de largo a su hijo, tomó sus llaves y se fue.

Calmé a Anthony. Mi muñeca me dolía mucho, pero apreté la mandíbula e intenté usar mi brazo lesionado. Por un segundo, mi corazón se detuvo cuando pensé que botaría a mi bebé, pero me las arreglé para sacarlo del corralito. No quería llamar a Holden, pero no podía cuidar a Anthony con una muñeca rota. No podía acomodarlo en su silla siquiera.

Me quedé sentada en el sillón e intenté calmar mis nervios. Anthony estaba inquieto y sabía que podía sentir mi estrés. Esta era mi vida ahora. Estaba atrapada en un matrimonio de pesadilla. Amaba a Sam, pero nunca iba a dejarme ir. Con una mano temblorosa, tomé el teléfono de su base y marqué el número de Holden.

—¿Qué tan grave fue ahora? —Contestó.

Mi corazón saltó con el recuerdo de Sam rompiendo mi muñeca. —Mi muñeca está rota —Susurré.

—Jesús —Suspiró. —Quédate ahí, ya voy en camino —Escuché el sonido de sus llaves al otro lado de la línea.

Mecí a Anthony en mis brazos mientras esperaba. Sam necesitaba ayuda, y lo único que hacía yo era empeorar las cosas para él. Si no me hubiera enfadado, no me habría golpeado. Holden llegó en tiempo récord. Cuando se lanzó por la puerta, estaba culpándome por todo el incidente.

—Déjame ver —Holden examinó mi muñeca.

Me retorcí del dolor cuando la tocó.

Frunció el ceño. —Lo siento, cariño. Si, esta muñeca está rota.

–Holden, lo siento.

–Esto no es tu culpa.

–Estoy arruinando tu amistad con Sam.

Holden tomó a Anthony de mis brazos y lo meció. –¿Por qué dirías algo así?

–Fuiste su amigo antes de ser el mío. No me debes nada a mí.

–Podrá ser mi amigo, pero eso no significa que lo que está haciendo está bien.

–Me siento tan mal –Dije. –Algo pasa y te llamo, vienes corriendo como mi caballero en armadura brillante.

Holden le hacía cosquillas a Anthony, pretendiendo comer sus deditos. –¿Eso es lo que soy?

Solté una risita nerviosa. –Mi héroe.

Holden apretó mi mano buena. –Lo tomaré. Por favor, no te sientas mal. Yo fui el que te dijo que me llamaras.

–Debes estar cansado de salvarme.

–Estoy cansado de que estés lastimada, pero no estoy cansado de estar aquí para ti –Dijo. –Esto es lo que haces por alguien a quien amas.

Capítulo Ocho

En lugar de ir a la sala de emergencias, fuimos a una unidad de cuidados urgentes en las afueras del condado de Los Ángeles. La recepcionista, junto con dos enfermeras que estaban en la recepción, nos reconocieron de inmediato. Sucumbieron al encanto de Holden de inmediato, y también al de Anthony. Para ser justa, Holden no tenía que hacer mucho para que las mujeres cayeran rendidas a sus pies.

Lentamente, me quité los lentes de sol que estaba usando. La respiración de la recepcionista al ver mi rostro me confirmó que sabía lo que había pasado.

–Mire, obviamente sabe quién soy –Dije. –Necesito que esta visita quede entre nosotros, por favor –Saqué un fajo de billetes con mi mano buena y lo puse sobre el mostrador.

Vi cómo había puesto a esta joven en una posición muy incómoda, en guerra con ella misma detrás de sus ojos. La mayor de las otras enfermeras se acercó y le repetí mi solicitud. Durante varios segundos, la recepcionista solo me vio. Sentía como las lágrimas que empezaban a inundar mis ojos hacían tambalear a mi determinación. Finalmente, tomó el dinero y asintió.

La seguí a un cuarto de examen y esperé adentro mientras iba a hablar con el doctor. El doctor entró a la sala, finalmente. Estaba en sus sesentas, con cabello blanco como la nieve. La enfermera se quedó en la esquina de la habitación, en silencio.

—Veo que ha tenido una caída bastante seria, señora —Dijo.

Asentí.

—¿Sabe? La mayoría de las situaciones que ocasionan este tipo de caídas no mejoran —Me vio a través de sus lentes. Mantuvo un contacto visual por tanto tiempo, que tuve que ver a otro lado. —No se preocupe, vamos a curarla sin problema. Pero, si me lo permite, le sugiero que intente alejarse y evitar lo que sea que haya hecho que se tropezara hoy.

Me enyesaron la muñeca y me mandaron a casa. Estaba tomando todas mis cosas cuando una enfermera me entregó un panfleto antes de darme una palmada en el brazo bueno, escoltándome de vuelta a la sala de espera.

Una vez afuera, vi el panfleto. Era de CODA y tenía un listado de recursos para la violencia doméstica. Doblé el papel y lo tiré al suelo, suprimiendo unos escalofríos. No quería pensar en lo que Sam haría si encontrara un panfleto como este en mi bolsa. Holden me tomó de la mano buena y me llevó de vuelta. Me sentía tan aturdida que no podía llorar, siquiera.

Cuando llegamos a la casa, mi corazón dio un vuelco. El auto de Sam estaba parqueado afuera. Sin decir una palabra, Holden apagó el motor y me ayudó a bajar. Luego tomó a Anthony, que dormía en su silla. Sam se levantó del sillón cuando entramos. Su vista se clavó en mi yeso y sus ojos se llenaron de lágrimas.

—Lo siento, Rosalie —Dijo, apenas un susurro.

Holden colocó la silla de Anthony al otro lado de la habitación, luego se dio la vuelta, caminó hacia Sam y le dio un puñetazo justo en la boca.

—¡Holden, no! —Grité cuando la cabeza de Sam se dobló hacia atrás con el impacto.

Se tambaleó hacia atrás, luego se sostuvo. Miró a Holden fijamente mientras frotaba su mandíbula. —Merezco eso —Una sonrisa confiada se dibujó en sus labios.

—Eso y mucho más —Holden retrajo su brazo nuevamente.

—Holden, por favor, no lo hagas —Le supliqué.

Holden miró a Sam con ojos de odio por un momento, luego bajó el brazo. —Tienes el mundo entero justo en frente de ti, Sam, y vas a terminar matándola. No la vuelvas a tocar.

Holden dio tres pasos en mi dirección y me dio un beso en la frente, luego nos dejó solos. Ni Sam ni yo hablamos. Desabroché la silla de Anthony y lo cargué, lo preparé para la cama y lo acosté. Acaricié su cabeza mientras se rendía al sueño en su cuna.

—¿Qué tan grave es la fractura?

Me di vuelta en un segundo. Sam estaba parado en el umbral de la puerta, brazos cruzados. Con un poco de satisfacción, vi como su mejía empezaba a ponerse morada por el golpe de Holden.

—Tendré el yeso por un par de semanas —Me di la vuelta me ocupé doblando la ropita de Anthony. Me había olvidado de hacerlo con los eventos del día.

Sam atravesó el cuarto y se detuvo detrás de mí. Puso sus manos en mis hombros y empezó a darme un masaje. Me tensé sin querer. No quería enojarlo más de lo que ya lo había enojado.

—Lo lamento tanto, Rosalie. Por todo. No hay excusas que valgan, pero cuando te llevaste las drogas, me volví loco. Lo siento.

Abrazándome por atrás, acomodó su cabeza sobre mi hombro. Podía sentir sus lágrimas en mi nuca.

—Necesito ayuda Rosalie. Lo siento tanto. No quise lastimarte —Su voz se quebró y lloró.

Me di la vuelta y lo envolví en mis brazos. —Lamento haber empeorado las cosas.

—Vamos a la cama —Dijo.

Regresamos a nuestra habitación e hicimos el amor, suave y gentilmente, recordándome a nuestra primera vez. Nos quedamos dormidos en los brazos del otro.

La audiencia era a las nueve de la mañana al día siguiente. El juez le ordenó a Sam pagar por el daño causado al poste y suspendió su licencia por seis meses. También lo sentenció a un centro de rehabilitación por treinta días, seguidos por seis meses de periodo de prueba formal. Sam tenía hasta el lunes para entregarse.

Nuestro abogado ya se había encargado del centro de rehabilitación. Fuimos directo al centro luego de la audiencia para poder tener un tour y que nos explicaran la dinámica de su estadía.

Mi estómago se mantuvo hecho un nudo todo el día. Treinta días no era mucho, pero se sentía como una eternidad. Desde el primer día, no había estado lejos de Sam, excluyendo el tiempo que pasaba trabajando. Una estadía tan larga parecía una vida.

Pasamos el fin de semana haciendo todo lo que pudiéramos juntos. Hicimos que cada segundo valiera, ya fuera ver televisión, cocinar, o limpiar. Sam se encargó por completo de Anthony, no me dejó ayudarlo en nada. Él y Holden hicieron las pases, incluso, al menos Sam lo hizo. Sabía que

Holden no se arrepentía en lo más mínimo por haberle pegado, sin importar lo que dijera.

El lunes, Sam le pidió a Holden que nos llevara al centro de rehabilitación porque yo no confiaba en mis habilidades para conducir de vuelta. Era un desastre. Ninguno había dormido la noche anterior. No hice más que llorar. Sabía que estaba empeorando las cosas, pero no podía evitarlo.

Sam se hizo el fuerte, pero cuando llegamos al centro, finalmente se quebró y lloró. Besó a Anthony en la cabeza y lo acarició. —Papi te ama —Sam se aferró a mí. —Lamento tanto todo esto.

—Está bien, —Murmuré. —Esto será bueno para nosotros a la larga.

De mala gana, Sam finalmente me soltó. —Por favor, cuida de ellos —Le dijo a Holden.

—Siempre lo he hecho —Contestó.

Tiempo después de que Sam desapareció dentro del centro, Holden y yo nos quedamos ahí parados. Yo lloré y lloré. Mi corazón se sentía rasgado en dos. Finalmente, recobré la compostura y nos fuimos a casa. Holden ofreció quedarse con nosotros, pero le dije que no.

—Necesito tiempo para procesar todo lo que ha sucedido —Le dije.

Asintió. —Lo entiendo. Prométeme que me llamarás si necesitas algo.

—Lo prometo.

Nos dio a Anthony y a mí un beso y se fue. La casa se sentía tan vacía y extraña sin Sam. Probablemente lloré cien veces ese día.

Pasó casi una semana antes de que pudiera regresar a una rutina. Holden visitaba todos los días y, a menudo, salíamos de compras, o a comer. A veces llevábamos a Anthony al parque y a veces lo llevábamos a la casa de los padres de Holden, en Malibú. Adoraban a Anthony como si fuera su propio nieto.

El viaje al centro de rehabilitación de Sam fue como un dulce para los medios, publicando fotos y más fotos de Holden y de mi juntos, lo cual dio lugar a un sinfín de rumores estúpidos sobre nuestra relación. Una revista nos dedicó la portada, con una foto de Holden y mía caminando por *Sunset Blvd.* juntos. *¿Acaso está Holden Rae conquistando a la esposa de su mejor amigo, Sam Urban?*

La invasión a mi privacidad era un asco. No entendía como estas revistas podían publicar historias tan mentirosas.

Finalmente, al final de agosto, Sam regresó a casa. Estaba tan feliz. Compré ingredientes para cocinar todos y cada uno de sus platillos favoritos. Cuando llegué al centro de rehabilitación con Anthony para recoger a Sam, una pequeña multitud de paparazzi esperaban frente al edificio. Ya nada era privado.

—Malditos buitres —Sam dijo, subiéndose al auto.

—Ha sido una real pesadilla. No puedo ir a ningún lado sin que me sigan —Dije.

—Lo sé. Nunca imaginé que mis problemas atrajeran tanta atención.

—Tienen que estar rompiendo alguna ley, o algo —Gruñí.

—Mientras estemos en una calle pública, somos sus presas amor.

—Se inventan mentiras asquerosas para tener algo que decir.

—Nadie dijo que fueran éticos, cariño.

—Dímelo a mí, —Volví a gruñir. *Fuentes confiables* y *fuentes cercanas a la estrella* no existen en realidad. Esas aseveraciones solo sirven para darle credibilidad a las opiniones de quienes las escriben.

Sam estaba hasta el cuello con temas legales. Durante los próximos tres meses, consiguió bastantes roles secundarios en la televisión; dramas, más que nada y un par de comedias, lo cual mantenía su tiempo fuera de casa escaso.

Sus seis meses a prueba incluían exámenes de drogas aleatorios, y Sam parecía estar aprobándolos todos. La vida empezaba a ser perfecta otra vez. Durante los primeros cuatro meses luego de su rehabilitación, casi no discutimos y nunca me lastimó. Planifiqué nuestro primer aniversario y segunda Acción de Gracias para una gran fiesta. Sam invitó a mis padres a volar a California para la celebración.

Tenía mucho que hacer con la comida. La cena de Acción de Gracias siempre había sido mi fiesta favorita. Ofrecer la cena, y prepararla, era de las pocas cosas que mi mamá y yo hacíamos juntas cuando era joven. Acción de Gracias y Navidad eran los únicos buenos recuerdos que tenía de la infancia. Eran los únicos días en los que no peleábamos.

El lado negativo de Acción de Gracias es que los padres de Sam también vendrían. Cuando se trataba de Cassandra, la madre de Sam, nada de lo que hacía era lo suficientemente bueno, e insistía en llamar a Anthony *Tony.* Había montado una escena tan grande al conocer a su nieto que lo había hecho llorar. Solo lo habían visto una vez, justo cuando nació, y no habían hecho esfuerzo alguno por relacionarse con él desde entonces.

Con mis padres, los padres de Sam, Joey, Holden y sus padres, tendríamos la casa llena. Y, como era de esperarse, Cassandra me presionó hasta llevarme a un punto de quiebre en frente de todos.

Reuní a todos en la sala para ofrecer aperitivos mientras el pavo terminaba de dorarse. Mi mamá veía a Cassandra constantemente y me hacía una mueca cada vez que la mujer hablaba. Mordiendo mi labio para evitar reírme, pasé una bandeja de champiñones rellenos.

—¿Qué talla está usando el pequeño *Tony* ahora? —Preguntó Cassandra.

Apreté la mandíbula. —Cassandra, por última vez, su nombre es Anthony, no Tony.

—Ay por favor, querida. Todos los abuelitos les tienen apodos a sus nietos.

—Maldición —Sam dijo. Ya sabía lo que venía.

Le lancé una mirada a Cassandra. —¿Ah? ¿entonces eres una abuela ahora? Cuando estaba embarazada dijiste que eras demasiado joven para ser una abuela.

—Me refería a que soy demasiado joven para que me llamen abuela, querida.

—Okey, cuando él pueda decirte *abuela* en frente de todo el mundo, tu podrás decirle *Tony* —Dije, satisfecha conmigo misma.

—¿Sammy, no vas a decir nada? —Le demandó a su hijo.

Sam rodeó mi cintura con su brazo. —No, mamá. Es nuestro hijo y tienes que respetar nuestros deseos.

Mi mamá vio con ojos de amor a Sam mientras Cassandra gruñía y hacía pucheros. Sentándose en mi sillón, cruzó los brazos. No podía creer que una mujer adulta, literalmente, hiciera pucheros como un niño. Luego de unos minutos, sacó una cigarrera dorada y encendió un cigarro.

–No puedes fumar aquí –Dije.

–¿Por qué no? Los dos fuman.

–Si, pero fumamos afuera, mamá –Dijo Sam.

Sus ojos me imploraban que no montara una escena, pero lo ignoré. Iba a montar una escena.

–No puedes fumar cerca de mi hijo –Dije.

–Esta es la casa de *mi* hijo –Me contestó.

–Tu hijo pudo haber pagado esta casa, pero yo la manejo. Eres bienvenida a fumar afuera si es lo que quieres.

Todos nos estaban viendo, parecían no saber si reír o irse. Cassandra se levantó y salió al jardín trasero, murmurando todo el camino. Regresé a la cocina y terminé de preparar la cena. Holden me siguió y me dio un abrazo.

–Esa es mi chica –Susurró.

En mi vista periférica, noté a Sam viéndonos desde el umbral de la puerta. No se veía contento, pero no me importaba. El resto de la velada transcurrió sin más problemas. Mis padres se iban a quedar durante el fin de semana, pero tenerlos bajo el mismo techo que Sam me ponía nerviosa. Al menos, se comportaban de forma civil por Anthony.

Luego de que todos se fueron, Sam y yo subimos a nuestra habitación. A la mañana siguiente, se estaba preparando para irse a trabajar. Estaba filmando sus escenas para *Streets*, un drama de crimen en televisión. El set estaba en Santa Bárbara, que estaba a dos horas, y el horario de filmación era de doce a catorce horas al día. Sam pensaba que quedarse en un hotel durante el fin de semana sería mejor que ir y venir todos los días.

Mientras no estaba, planeaba llevar a mi mamá de compras para aprovechar las ofertas de *Black Friday*. Me emocionaba pasar un tiempo con ella. Casi ni me di cuenta de que Sam estaba de mal humor, hasta que habló.

—Así que, ¿qué tenía que decirte tu novio en la cocina hace rato?

No tenía idea de qué estaba hablando. Solo lo miré como si fuera estúpido.

—Hace rato. ¿Tú y Holden en la cocina? —Dijo. —¿Luego de tu pleito con mi mamá?

—Solo dijo que me felicitaba por defenderme —Contesté. —¿Y por qué diablos lo estás llamando *mi novio*?

—Ustedes dos se han vuelto demasiado cercanos.

Le lancé una mirada. —¿Estás hablando en serio?

—Solo estoy señalando lo obvio.

—Sam, te estás volviendo loco. Te amo. Holden es el único amigo que tengo aquí. No intentes quitármelo, por favor.

—¿Así que me amas?

—Si —Me preparé para la pelea que veía venir, pero Sam me sorprendió abrazándome y acercándome a él. Me besó como lo hizo la primera noche que pasamos juntos.

—Demuéstramelo —Susurró en mi oído.

Hicimos el amor dos veces esa noche. Sería la última vez que lo haríamos en tres meses.

Nos despertamos antes del alba al día siguiente y le hice el desayuno a todos. Luego de despedir a Sam con un beso, me fui con mi mamá mientras mi papá se quedaba cuidando a Anthony. Pensaba que las ofertas de *Black Friday* eran malas en Indiana, pero nada me había preparado para Los Ángeles. Llevé a mi mamá a las mejores tiendas que nunca había podido costear, poniendo las opciones de Terre Haute en vergüenza.

La experiencia fue divertida, agotadora y llena de misterio. Las mujeres de la alta sociedad no se tentaban el alma cuando se trataba de sus ofertas. Nunca estuvimos en ningún peligro real, pero los compradores eran agresivos, abriéndose camino por las tiendas a puro empujón.

Luego del día de compras, invité a mis padres a cenar y, cuando regresamos a casa, hablé por el teléfono con Sam antes de irme a dormir. Me rendí al sueño sintiéndome amada y muy afortunada.

Alrededor de las cuatro de la madrugada al día siguiente, el teléfono me despertó. El detective Whitman, el mismo detective que había hablado conmigo para el segundo arresto de Sam, me dijo que había sido arrestado nuevamente. Varios minutos pasaron antes de que entendiera completamente lo que me estaba diciendo.

—No entiendo. Sam está en Santa Bárbara —Dije.

—Fue detenido en el centro de Los Ángeles, señora Urban.

Deslicé mis piernas por el borde de la cama y me senté. Estaba harta de esto. —¿De cuánto es la fianza ahora?

—No hay fianza esta vez —Contestó.

—No entiendo.

–Señora Urban…

–Rosalie, por favor –Le dije al detective.

–Rosalie, su esposo está en periodo de prueba, así que cuando fue detenido, se le notificó a su oficial a cargo. Los análisis del señor Urban indican que está bajo la influencia de cocaína, me temo.

Un millón de pensamientos cruzaron mi mente, pero necesitaba concentrarme en esto por el momento. –¿Cuáles son los cargos?

–Intoxicación pública, posesión de sustancias ilegales y violación al periodo de prueba.

–¿Y qué pasará ahora? –Pregunté, intentando mantener la calma.

–Se tendrá que quedar en la estación detenido hasta su audiencia en la corte, el lunes por la mañana.

–Genial.

–Rosalie, en realidad lamento todo esto. De verdad creo que necesita ayuda. He visto muchos adictos ir y venir, he visto a muchas celebridades también, pero creo que su esposo puede superar esto.

–Tiene que querer hacerlo primero –Dije.

–Lo sé. Normalmente no rompo las reglas por nadie, pero si puede venir de inmediato puedo permitirle verlo por un par de minutos.

–Voy en camino, muchas gracias.

Colgué la llamada y me vestí. Estaba demasiado enojada para pensar. Sabía a qué olía la hierba. De adolescente, Joey había tenido una fase de hierba que duró un año, antes de que mi papá lo echara de la casa. Nunca olvidaría ese olor, así que a menos que Sam estuviera fumando afuera, sabía que la hierba no era parte de su arsenal.

No había visto señas de otras drogas, pero obviamente no había estado poniendo atención. No tenía tiempo de registrar la casa ahora, pero lo haría cuando regresara de la estación. Me desharía de todo de una vez por todas.

Cuando estaba lista para salir, desperté a mi mamá.

—¿Qué sucede? ¿Está bien el bebé? —Preguntó, apenas despierta.

—Anthony está bien, está dormido, pero necesito que lo cuides por un rato.

—¿Qué sucede?

Luché contra las lágrimas que venían. —Arrestaron a Sam, otra vez. No tengo tiempo de darte detalles. Solo necesito que cuides a Anthony.

Se sentó. —Vete, yo me encargo.

Me apresuré a bajar las escaleras y me dirigí al auto. Estaba intentando ser una buena esposa y apoyar a Sam. Estaba intentando no ser la esposa difícil que alega por todo, pero el problema de Sam con las drogas se estaba saliendo de control.

Recordé todo el fin de semana. ¿Por qué estaba Sam en Los Ángeles, cuando se suponía que estaba en Santa Bárbara? ¿Qué otras mentiras había entre nosotros? ¿Una aventura? Me rehusé a considerar esa idea y la aparté de mi mente de inmediato.

El arresto de Sam tuvo que haber sucedido de forma rápida y discreta, porque no había un solo reportero en la estación cuando llegué. El detective Whitman me estaba esperando en su escritorio.

Me ofreció una sonrisa triste y me dio la mano. —Lamento que nos sigamos viendo bajo estas circunstancias.

—Lo mismo digo.

—Puedo darle quince minutos con él.

—No sé por qué hace esto por mí, pero se lo agradezco.

Me escoltó a una sala de interrogatorios, donde Sam esperaba, sentado.

—Gracias —Dijo Sam en voz baja.

—De nada —El detective Whitman cerró la puerta, dejándome a solas con mi esposo.

Capítulo Nueve

Sam estaba encorvado con las muñecas esposadas a la mesa. Su rostro estaba rojo y sus ojos hinchados y húmedos se clavaron en mí. Mi enojo se tambaleó. Ver a mi esposo esposado estrujó mi corazón, incluso cuando esta no era la primera vez.

—¿Qué estás haciendo, Sam? —Demandé con un tono de voz bajo, pero firme.

—Ya no lo sé.

—Se suponía que estabas en Santa Bárbara. ¿Cómo terminaste en Los Ángeles, arrestado?

—Lo siento —Dijo, su voz se quebró.

Sacudí la cabeza. —Ya no quiero escuchar que lo sientes, Sam. Contesta mi pregunta.

Sam vio al piso. —Algunos de los chicos y yo nos fuimos de fiesta y decidimos regresar a Los Ángeles.

Sabía que había más. —¿Conseguiste las drogas en Santa Bárbara, o aquí?

—Aquí —Balbuceó.

—¿Regresaste a casa a buscar la droga?

Silencio. Lo tomé como un *sí*.

—Estoy intentando ser una buena esposa, una esposa que te apoya, pero no me estás dando mucho con qué trabajar, Sam.

Irguió la cabeza en un segundo y gritó. —Esto no es fácil para mí, Rosalie.

—¿No? —Le rodé los ojos. —Tienes ingresos casi ilimitados, eres una estrella de cine y eres dueño de una casa hermosa. Tienes una esposa que de idolatra y un hijo hermoso y saludable. Por favor, dime cómo puede ser difícil.

—No lo entenderías.

—¿Qué hay que entender? Mi esposo es un drogadicto.

Sam hizo una mueca. —¿Acaso tu o Anthony pasan hambre? ¿Tienes dos trabajos para pagar las cuentas? ¿Estamos en programas de ayuda social? ¿No? Entonces no me llames un maldito adicto.

—Estás tirando todo a la basura —Le contesté.

—No te irás a ningún lado. ¿Entiendes eso, correcto? —Dijo con un tono de voz bajo.

—Nunca dije que lo haría.

—No con esas palabras. Pero tu madre está aquí, y solo puedo imaginar la basura que te ha metido en la cabeza. Solo no quiero que tengas ideas.

Le lancé una mirada. —No planeaba dejarte.

—Bueno, en caso de que se te ocurran brillantes ideas, ten en mente que, cuando salga, te voy a encontrar. Y te voy a arrastrar de vuelta aquí, incluso si eso significa que dejes de respirar.

Sus palabras fueron enunciadas en un tono de voz bajo y uniforme. Mi corazón retumbaba en mis oídos. La habitación empezó a darme vueltas. A mi esposo se le daban bien las amenazas.

—Además, —Movió los hombros. —Si decides dejarme, me aseguraré de que pierdas la custodia de Anthony.

No podía creer lo que me estaba diciendo. Solo lo vi.

—El dinero decide, cariño, —Continuó con un tono cordial. —Si decides dejarme, no tienes los medios para cuidar de nuestro hijo, no como los tengo yo.

Me tenía ahí. Me hundí en la silla que estaba frente a Sam. Reposé mi cabeza en mis manos. Quería llorar, pero no vino nada. Intenté desesperadamente calmar los latidos erráticos de mi corazón, asustada por la posibilidad de que me desmayara. Sam tocó mi mano y alcé la vista de inmediato.

—Mira, lo siento —Dijo. —Se que arruiné todo. ¿Qué más quieres que diga?

—Quiero que esto termine. Quiero que dejes de hacer esto, Sam.

—Lo estoy intentando. Se que no me crees, pero en serio, lo estoy intentando. No puedo alejarme de las drogas.

—Tienes que hacerlo Sam.

—Ya lo sé.

—¿Me amas, Sam? —Le pregunté.

Sus ojos se abrieron de par en par. —Claro que te amo.

—¿Entonces, por qué no puede ser eso suficiente para que te detengas?

—No quiero perderte Rosalie. Cuando me drogo, siento como si me ahogara, y me gusta la sensación del agua en mis pulmones.

Sacudí la cabeza. No podía entender eso. Pero si entendía que esta adicción era lo único que le importaba a él. En cuanto a Sam, estaba fuera de control. No sabía qué hacía que creyera eso. Tal vez porque no era el drogadicto estereotípico; al menos en su mente, su consumo no era un problema. Ahora entendía que su adicción lo controlaba, no al revés.

—¿Aún me amas? —Preguntó Sam.

Era mi turno de sorprenderme. No pensé que le importara un carajo lo que pensara. ¿Acaso no podía darse cuenta de la respuesta? ¿Acaso no me había mantenido devota a él a pesar de todo?

—Claro que te amo. ¿Cómo se te ocurre, siquiera, preguntarme eso?

Se encogió de hombros. —Te he hecho sufrir mucho. Sé que mis palabras no son coherentes con mis acciones, pero si te amo.

Mi visión se nubló por las lágrimas. —Se que me amas.

—Lo siento, cariño —Las lágrimas de Sam fluían tanto como las mías.

—Ayúdame, Sam. Ayúdame a salvarnos.

Nos sostuvimos el uno al otro y lloramos hasta que el detective regresó. Era hora de irme.

—Te llamaré esta tarde —Sam me dijo.

Fingí una sonrisa. Quería que las cosas funcionaran, quería que obtuviera la ayuda que necesitaba y arreglar nuestro matrimonio. No quería que viera lo asustada y triste que en realidad me sentía.

—Te amo, Rosalie.

—Yo también te amo —Le di a Sam un beso, luego seguí al detective fuera de la habitación.

No quería regresar a casa y enfrentar a mi mamá. Si Anthony no hubiera estado con ella, no lo habría hecho, probablemente. Pero tuve que regresar a casa. La encontré sentada a la mesa de la cocina, con una jarra de café fresco recién hecho.

—El bebé está dormido aún —Dijo.

Me dejé caer sobre la silla y busqué en mi bolsa mis cigarros.

—Pensé que no podíamos fumar adentro de la casa —Me molestó mientras encendía uno.

—Mis reglas, puedo romperlas si quiero —Abrí la puerta del patio y busqué un cenicero mientras mi mamá encendía un cigarro para ella. Al no encontrar ninguno, tomé un plato de uno de los gabinetes.

Me reí cuando me senté afuera. –Dios. Sam me mataría si me viera usando un plato como cenicero.

Mi mamá me lanzó una mirada curiosa. Sus ojos me investigaban mientras luchaba desesperadamente para evitar sus miradas intrusivas.

Mierda.

–¿Te golpea? –Preguntó.

–Claro que no –Resoplé. –Es solo una expresión.

No me quitaba el ojo de encima, tuve que luchar contra el deseo de retorcerme bajo su mirada.

–Rosalie…

–Mamá, basta, no me golpea –Le advertí.

El silencio entre nosotras pareció extenderse por una eternidad.

–¿Qué pasó? –Preguntó, finalmente.

Suspiré. –Lo atraparon con drogas, otra vez. Esta vez fue cocaína. No hay opción de fianza ya que está en su periodo de prueba. Tenemos una audiencia a primera hora el lunes.

Sacudió la cabeza. –Dios mío. ¿Vas a quedarte con él?

No estaba de humor para esta conversación. –Claro que sí, soy su esposa.

–Que gran ejemplo le están dando a mi nieto –Espetó.

–¿Como el ejemplo que me dieron tu y papá?

Me lanzó una mirada amenazadora y sacudió la ceniza de su cigarro antes de hablar. –Esperaba que aprendieras de mis errores. Este hombre no te ama, o a Anthony. ¿Cuándo te vas a dar cuenta de esto? Si lo hiciera, no seguiría siendo arrestado.

Apreté la mandíbula. —Estoy aprendiendo de tus errores, madre. Me quedo al lado de mi esposo y estoy ayudándolo a estar sobrio.

—Rosalie, tal vez crees que eres una mujer de del mundo, con experiencia, pero no sabes absolutamente nada. Ese muchacho está determinado a destruirse, y te va a hundir con él.

—¿Podrías dejarme a mí encargarme de *mi* matrimonio, por favor? —Estallé. —No necesito tu opinión.

El llanto de mi hijo me salvó de esta conversación. Subí a cambiarlo y empecé con el día. ¿Por qué todo tenía que ser un desastre? Así no era como se suponía que debía ser mi vida.

El arresto de Sam alcanzó las noticias matutinas. El teléfono sonó poco después de que terminó la transmisión del noticiero. Mi mamá se sentó en el sofá con Anthony y miró hacia arriba. La ignoré mientras tomaba el teléfono de la sala para contestar.

—¿Cómo estás? —Preguntó Holden.

—Ni siquiera sé cómo me siento —Contesté.

—¿Necesitas algo?

—Si, que mi esposo me escoja a mí y no a las drogas —Estallé en llanto.

Holden me escuchó y me dejó desahogarme, llorando a alguien que aún no estaba muerto. Finalmente, recobré la compostura.

—Perdóname —Dije.

—Para eso estoy aquí. ¿Por cuánto tiempo se quedarán tus padres? —Me preguntó.

—Mi papá se irá el domingo, mi mamá se quedará hasta el lunes en la tarde, así que no tengo que llevar a Anthony a la audiencia conmigo.

—Sal conmigo hoy en la noche, distráete un poco.

Dudé qué contestar. —No creo que eso sea una buena idea, Holden.

—¿Qué idea? —Preguntó mi mamá.

Sabía que había estado fingiendo no estar poniendo atención a mi conversación con Holden por cómo se había levantado a sacudir los muebles.

—Vamos, Rosalie. Sal de la casa por un momento y diviértete —Dijo Holden. —Deja que tu mamá disfrute un tiempo con el bebé.

—¿Cómo se verá eso, Holden? —Le pregunté.

—¿A quién le importa un carajo? Necesitas salir de ese espacio mental.

—Sam está en la cárcel, no puedo salir a divertirme.

—Rosalie, en serio, necesitar un tiempo para ti —Insistió.

—Lo voy a pensar.

Holden suspiró. —Bueno, creo que eso es lo más cercano que tendré a un *sí*. Te llamaré esta noche.

—Está bien —Me reí y colgué.

¿En realidad sería tan terrible que aceptara su invitación?

Claro que sí. ¿Qué diablos estoy pensando? Sam estaba preso y yo estaba contemplando la idea de salir hoy en la noche. Definitivamente diría que no.

El teléfono sonó otra vez una hora más tarde. Esta vez era Joey. Dejé que le hablara mamá y que le explicara la situación de Sam. Joey acababa de empezar una relación con un hombre maravilloso llamado Paul, y lo último que quería era arruinar su felicidad. Tampoco quería tener a mi hermano adivinando que tan mal estaban las cosas entre Sam y yo en realidad.

Sam llamó luego del almuerzo. Ya estaba sobrio, así que fue una conversación muy emotiva, llena de *te amo* y *lo siento*. Le pregunté a Sam qué opinaba sobre la invitación de Holden.

—Holden tiene razón —Dijo. —Necesitas salir de la casa y alejarte de este estrés por un momento. Además, estás a salvo con Holden, sé que no intentará nada.

Okey. Así que… ¿Iría?

—No me siento cómoda con esta invitación? —Vas a salir con un amigo. Tu esposo lo sabe y no se opone. ¿Por qué te sientes mal al respecto?

—Mi esposo está preso. No puede estar aquí, no puede salir de la casa y distraerse.

—Él hizo su cama, se tiene que acostar en ella ahora —Contestó con un tono mucho más gentil de lo que esperaba. —El hecho de que él esté en la cárcel no significa que tú lo estás.

Pero ella no entendía. *Estaba* presa con Sam. No físicamente, pero estaba justo ahí, con él. Discutir con ella era una pérdida de tiempo, así que me guardé ese pensamiento.

Decidí ponerme un vestido simple, negro y tacones bajos, ya que no sabía a dónde planeaba llevarme Holden. Conociendo a Holden, sería un lugar discreto, lo cual estaba perfecto por mí, una vibra de normalidad.

Llegó cerca de las siete, luciendo un traje simple y azul.

—Te ves hermosa, como siempre —Me dio un abrazo. —¿Jan, segura que no te molesta? —Le preguntó a mi mamá.

—En absoluto. Necesita una noche libre —Le dijo a Holden.

—Tal vez regresemos un poco tarde, —Dijo Holden. Lo miré, confundida. Agregó —Necesitas una noche fuera de Los Ángeles, lejos de las cámaras y los reporteros. Pensé que podríamos ir a *Long Beach*.

—Creo que esa es una idea maravillosa —Dijo mi mamá, antes de que pudiera protestar.

Holden me ofreció su brazo. —¿Lista?

Le di un beso a Anthony en la mejilla, deslicé mi brazo sobre el de Holden y nos fuimos.

Holden platicó sobre la próxima película que protagonizaría y algunos proyectos que tenía en mente. Yo no dije mucho.

—Se permite hablar, ¿sabes? Soy yo, Rosie —Dijo.

Sonreí. —Lo sé, es solo que me siento extraña. Sam está preso y yo estoy saliendo.

—No, estás saliendo con un amigo, tomando un respiro y recargando tu energía. No puedes cuidar de Sam o de Anthony si estás agotada.

Supongo que lo que decía tenía sentido. No me estaba escabullendo de Sam para salir. Además, estaba con Holden, por el amor de Dios.

—Tienes razón —Me relajé un poco.

—Esa es mi chica hermosa.

—¿Cómo lo haces, Holden? ¿Cómo te mantienes sobrio?

—Casi morir me ayudó —Dijo, soltando una risa sin alegría. —No quiero volver a experimentar eso, nunca más. Tuve mucha suerte. Además, tengo una mejor amiga hermosa y un ahijado precioso. No quiero volver a arriesgarme a perder a las personas que amo.

Estallé en llanto. Holden se detuvo al lado de la carretera y me envolvió en sus brazos. –Cariño, por favor no llores.

–¿Por qué no soy suficiente para Sam? –Sollocé. –¿Acaso soy tan mala como esposa que siente que tiene que seguir haciendo esto?

–Escúchame, no absolutamente nada malo en ti. Sam se droga simplemente porque puede, porque es un idiota. No tiene idea de lo que tiene en frente.

–No sé qué hacer para que se dé cuenta –Me limpié la nariz.

–No puedes, cariño. Él tiene que desearlo, y ahora, no puede ver más allá de su adicción.

Eventualmente, dejé de llorar. Saqué un pañuelo de mi bolsa y me limpié el rostro, usando el espejo.

–¿Mejor? –Holden me preguntó.

Asentí. Si me sentía un poco mejor.

–Nueva regla para esta noche –Holden arrancó de nuevo el auto. –No más lágrimas. Hoy, no existen los problemas, no hay esposos presos, nada de tristeza. ¿Trato?

No te prometo nada, pensé. –Trato.

Holden me llevó a un restaurante acogedor con una pista de baile. Me encanta bailar. Empezamos con un par de tragos en el bar y bailamos un par de canciones mientras esperábamos una mesa. Me sorprendió darme cuenta de que la estaba pasando muy bien.

–Te sabes mover, jovencita –Dijo Holden. Estaba respirando con dificultad, pero sonriendo.

–Gracias, gracias –Le di un sorbo a mi vino.

El camarero nos interrumpió para avisarnos que nuestra mesa estaba lista. Holden preparó mi silla para mí, luego se acomodó del lado contrario. Me vio. Mariposas bailaban en mi interior. Sus ojos brillaban con tanto amor, que pude haberme perdido en ellos.

–¿Qué? –Pregunté, soltando una risita nerviosa.

–¿Te das cuenta de lo hermosa que eres?

–Holden… –Mi rostro se ruborizó como un tomate.

–No. Lo eres –Dijo. –Te ves feliz.

–Bueno, eso es gracias a ti –Dije.

Holden se inclinó hacia mí y me acarició el rostro. Si la vida fuera una película, me habría desmayado justo ahí. Respiré profundo para tranquilizar los latidos de mi corazón. Ordenamos nuestra cena y hablamos como mejores amigos que no se habían visto en años. Compartíamos un amor profundo por lo oscuro y mórbido, como películas de terror, libros de miedo y cualquier cosa que fuera paranormal. Hablamos sobre nuestros libros y películas favoritas y me sorprendió enterarme de que Holden era un lector ávido, como yo.

Nuestra conversación brincaba de un tema a otro. Podíamos iniciar con un tema, luego saltar a dos o tres temas diferentes, y regresar como si nunca nos hubiéramos desviado.

Por la primera vez en mucho tiempo, me sentí bien, me sentí normal. Acabábamos de terminar el postre cuando la canción favorita de Holden, *Angel Eyes* de *The Jeff Healy Band*, sonó.

–Tienes que bailar conmigo Rosalie –Se levantó y me ofreció su mano.

Holden me sostuvo mientras tarareaba la canción. Me perdí en las palabras de la canción y en su abrazo. A medida que la canción terminaba, me dio una vuelta y me inclinó. La habitación donde estábamos estalló en aplausos. Holden me acercó a él, riendo mientras me abrazaba.

–¿Disfrutaste el baile? –Me preguntó mientras caminábamos de vuelta a la mesa.

–Si, lo disfruté mucho, gracias.

Escuchamos un par de canciones más. Algunas personas reconocieron a Holden y le pidieron su autógrafo, lo cual hizo felizmente antes de irnos.

De vuelta en la entrada de mi casa, parecía que ninguno de nosotros quería que la noche acabara.

–Desearía que Sam pudiera ver las cosas desde mi punto de vista. Haría lo que fuera para cambiar por ti, Rosalie –Dijo Holden.

–Eso es muy dulce. Aprecio que te sientas de ese modo.

–Estoy contento por haber podido hacerte feliz esta noche –Dijo con un tono de voz bajo.

–Si lo hiciste, gracias. Tenías razón, en realidad necesitaba salir.

–Estoy para servirte –Me abrazó.

Que Holden me abrazara, o me diera un beso en la mejilla, o en la frente no era nada nuevo, incluso en frente de Sam. Pero esta vez fue diferente. No se apartó, su rostro estaba tan cerca del mío que podía sentir su respiración cálida en mi cuello. Se inclinó hacia atrás de modo que sus labios quedaran arriba de los míos. Luego los presionó contra mí de una manera tan suave y dulce que rayaba en inocente.

De repente, lo besé de vuelta. Luego lo empujé. Mi corazón retumbaba y mis ojos se empezaban a llenar de lágrimas. ¿Qué carajos estaba haciendo? ¿Cuál era mi problema? Sentí una ola de culpabilidad azotarme.

—Rosalie, perdóname…

No íbamos a hacer esto. Esto no estaba pasando y no volvería a pasar de nuevo.

—Muchos tragos —Me limpié las lágrimas. —Nos dejamos llevar por el momento —Le di una palmada en la mano para demostrarle que no había hecho ningún daño.

Algo voló por su mirada antes de que pudiera esconder sus emociones con una sonrisa. ¿Era decepción?

—Tienes razón —Dijo. —¿Me perdonas?

—Claro que sí. ¿Quieres un café? —Quería cualquier cosa que pudiera borrar lo que acababa de suceder de mi mente.

—Me encantaría, pero debo irme —Dijo. —Tengo que estar en el set mañana temprano. ¿Te acompaño a la puerta?

—Me conformo con eso —Dije.

Holden salió del auto y caminó hasta mi puerta para abrirla.

—Gracias, de nuevo. Esta noche fue perfecta —Saqué mis llaves de mi bolsa.

—Fue un placer. Te llamaré mañana.

Por un segundo me tensé cuando Holden me abrazó, pero me relajé en sus brazos. Deslicé las llaves en la puerta mientras intentaba no llorar. Holden caminaba hacia su auto.

—No fue un error, Rosalie —Holden dijo, desde su carro.

Me di la vuelta y lo vi por encima del hombro.
–Holden…

Holden era mi mejor amigo. No podía perderlo, pero tampoco podía permitir que esto sucediera otra vez. Abrí la puerta y la cerré detrás de mí. Ninguno de mis padres estaba despierto. Gracias a Dios por los pequeños favores.

Fui a ver a Anthony, quien dormía plácidamente. Luego me fui a acostar.

No fue fácil conciliar el sueño. Me sentía culpable. ¿Cómo pude traicionar a Sam? A pesar de mis amonestaciones, no podía dejar de pensar en el beso de Holden. Mis labios aún sabían a él, un sabor a vino tinto con un toque de sal. Mi corazón se hinchó con el recuerdo de sus labios sobre los míos.

¡Basta!

Seguiría el ejemplo de Sam e ignoraría el problema. Holden me llamó, pero mantuvo la conversación corta. Gracias al cielo, todo regresó a la normalidad, sin ningún rastro de la noche anterior. Mi mamá sabía que algo había pasado, pero no me presionó. Las maravillas de la vida.

Cuando Sam llamó más tarde, no le dije lo que había pasado, pero escuchar su voz hizo que sintiera una ola de culpabilidad nueva. No tenía idea de qué tipo de sentencia le darían, y aquí estaba yo, hecha un manojo de nervios emocional que no lograba manejar.

■■

Aunque me daba miedo, estaba determinada a ir sola a la corte el lunes por la mañana. Encontré el piso de la sala de la corte en la que se sostendría la audiencia de Sam con una ayuda mínima. Me esforcé por mantener mi ansiedad bajo control mientras llegaba a los ascensores. A medida que me acercaba, vi cámaras y reporteros acercarse. Un coro de preguntas me bombardeó.

—¿Qué opina sobre el hecho de que su esposo violó su periodo de prueba? —Preguntó un reportero.

—¿Quién cuida a su bebé? —Interrumpió otro.

Uno se puso directamente en frente de mí. —¿Va a mantenerse al lado de su esposo esta vez?

Mi cabeza daba vuelta. —¡Jesús! ¿Acaso no tienen nada mejor que hacer, banda de idiotas? —Estallé.

Seguían tomándome fotos y gritando preguntas hasta que llegué a la sala. Me apresuré a entrar y cerrar la puerta, dejando el caos al otro lado.

Me senté al fondo de la corte. Mi estómago cayó en picada cuando vi a Sam emerger de la puerta a la izquierda del puesto del juez. Vestido con un overol naranja y esposado, mi esposo parecía un extraño. Tenía una barba de tres días y se veía moribundo. La imagen me impactó tanto, que me dieron ganas de vomitar. Viéndome, me dijo *te amo* y me ofreció una sonrisa triste. Mi determinación por no llorar en frente de él casi se desmorona.

Esta era el segundo encuentro entre Sam y este juez por cargos relacionados con el uso de drogas, se podía notar que no estaba feliz de ver a Sam nuevamente. El oficial asignado al caso de Sam también estaba presente. El juez recomendó una rehabilitación de sesenta días con un complemento.

El juez miró a Sam fijamente. —Señor Urban, con el objetivo de ayudarlo a enderezar el camino de vida en el que se está embarcando, también le voy a ordenar una sentencia de treinta días en la cárcel del condado, empezando hoy. Los sesenta días de rehabilitación iniciarán inmediatamente luego su liberación de la cárcel del Condado de Los Ángeles.

Mi cabeza se sentía sumergida en agua. *Treinta días.* Se perdería la primera Navidad de Anthony. Mi corazón se retorció. Mi mundo entero estaba siendo arrancado de mis manos. Vi en un estado inerte cómo los oficiales escoltaban a Sam fuera de la sala. Me vio por encima de su hombro. Con el rostro empapado en lágrimas, me lanzó un beso. No podía mantenerme de pie. Dieron inicio al siguiente caso mientras me mecía de lado a lado, llorando. Quería a mi esposo en casa.

Cuando iba de salida, diez minutos después, me preparé para los medios que aún rondaban la sala como los buitres que eran. Me aseguré de que mi rostro estuviera seco y de mantener mi mirada hacia abajo. Nunca accedí a esto. Pensé que había obtenido un cuento de hadas cuando me casé con Sam, pero, en lugar de eso, obtuve una pesadilla envuelta en un paquete hermoso.

Cuando llegué a casa, atravesé el umbral y me dirigí directo a los brazos de mi mamá, como una niña pequeña. Mi cabeza retumbaba y mi estómago rechazaba cualquier cosa que no fuera líquido. No me había dado cuenta de lo difícil que era lidiar con un matrimonio de Hollywood, pero me sentía agradecida de tener a mi mamá conmigo.

Sin preguntarme, extendió su estadía un par de días. Casi me reí ante el alivio que sentí cuando me dijo que no se iría. Desde que tengo uso de razón, había hecho lo posible por alejarme de ella, pero ahora me estaba apoyando en ella por la primera vez en mucho tiempo, desde que era niña. Tal vez estaba empezando a entenderla un poco.

Cuando Sam llamó esa tarde, no podía hablar por el llanto. Me sentí tan inútil. No podía liberarlo. No podía hacer que su adicción desapareciera. Ni siquiera podía sostener a mi esposo mientras se desmoronaba.

Capítulo Diez

Como de costumbre, Holden me llamó esa noche. Nuevas lágrimas fluyeron mientras le contaba el resultado de mi llamada con Sam.

–Dios mío, Rosalie. Lo siento tanto. ¿Necesitas algo?

–Solo a mi esposo.

–Desearía poder hacer que suceda –Dijo. –Escucha, quería contarte que me iré a Florida la próxima semana para esta película nueva. Estarán filmando ahí.

–¿Por cuánto tiempo te irás? –La idea de no tener a Sam o a Holden marchitaba mi corazón.

Holden suspiró fuertemente. –Dos meses, al menos. El tiempo es una desgracia, lo siento.

–No te disculpes. Tu trabajo no es ocuparte de mí, Holden.

–Pero me gusta ocuparme de ti. Tu y Anthony son mi familia. Rosalie, no hago nada porque tenga que hacerlo. Lo hago porque quiero hacerlo. Disfruto tu compañía, eres mi mejor amiga.

–Eso es muy dulce. Necesitaba escucharlo –Admití.

–Entonces hice mi trabajo.

Me reí. –Eres mi mejor amigo también. No sé qué haría sin ti.

–Digo lo mismo, niña. ¿Cenas conmigo antes de que me vaya?

Me limpié una lágrima que se escabulló a través de las grietas de mi determinación a no llorar.

Luego de hablar un rato más, Holden se despidió, dejándome sola para descifrar los sentimientos conflictivos sobre mi matrimonio y él.

Tenía que reírme. Estaba a punto de cumplir dieciocho años. La mayoría de las personas de mi edad están terminando la escuela. Se están preocupando por escoger una universidad, si deben vivir en casa o mudarse a un dormitorio.

Yo, en cambio, era una madre soltera, prácticamente, en una relación tóxica y abusiva con un hombre que amaba más que a la propia vida. Un hombre que estaba preso, dicho sea de paso y, si eso no era poco, mi mejor amigo se iría dos meses. Estaba sola. Pasamos de celebrar nuestro primer aniversario y Acción de Gracias a esperar que Sam entrara a la cárcel. El veintinueve de noviembre, vi a mi esposo ir a trabajar y para el segundo de diciembre, mi mundo se había desmoronado.

Si, yo decidí casarme a los diecisiete. Si, yo decidí tener un bebé. No estaba consciente de toda la mierda adicional que implicaban estas decisiones.

Pero tenía que resistir. No tenía tiempo de acostarme a sentirme mal por mí misma. Mi mamá se iría el jueves y, a pesar de que estaba agradecida de que me acompañó y me apoyó en mi pequeña crisis, también me sentía aliviada de que se fuera.

—Sabes que no les caería mal a ti y al bebé viajar a Indiana mientras Sam no está —Me dijo esa noche mientras cenábamos.

—Ya discutimos esto —Apuñalé mis patatas con el tenedor y las saboreé. —No regresaré a casa. Sam me necesita. Tiene derecho a visitantes y no seré yo quien le quite eso también.

Sus labios se convirtieron en una línea. —Justo lo que mi nieto necesita, ver a su padre a través de un cristal.

Respiré profundo y cerré mis ojos. —No en la cárcel, *madre*. En el centro de rehabilitación.

—¿Y eso es mejor?

Odiaba quedar en estos términos al final de su visita, pero mi mamá siempre presionaba los botones que hacían que una persona estallara. Estaba aliviada de dejarla en LAX la mañana siguiente.

Una vez en casa, la solitud me abrumó. Gracias a Dios tenía a Anthony, de no ser por él, habría perdido la cabeza. Al día siguiente me inscribí a todas las clases de *mami y yo* que pude encontrar. Si iba a tener que hacer esto sola, entonces iba a sacar de esta situación de mierda y hacerlo divertido para mi hijo.

▪▪▪

Holden tenía que estar en Florida el lunes siguiente, así que me llamó para que planeáramos pasar el domingo juntos, antes de que se fuera en la noche. No nos habíamos visto desde que salimos a bailar. Sólo habíamos hablado por teléfono, así que no estaba segura de qué esperar.

Holden y yo teníamos un lazo muy fuerte. Tenía miedo de que lo que había pasado esa noche entre nosotros afectara nuestra amistad. No quería que nada fuera incómodo entre nosotros, no sabría qué hacer si lo perdiera.

Cuando llegó el domingo, estaba nerviosa por salir de casa. Holden nos recogió antes de mediodía. Fuimos a almorzar y decidimos ir de compras luego. Nos acosaron fotógrafos a donde quiera que fuéramos, recordándome a las multitudes que uno suele ver antes de Noche Buena.

Pero en lugar de un sentimiento de nostalgia y calidez, estaba sintiendo pánico. Los fotógrafos nos empujaban de todos lados. Algunos lanzaban preguntas, pero principalmente buscaban acercarse en la medida de lo posible para tomarnos fotografías.

Cuando intentamos entrar al pequeño restaurante donde almorzamos, se acercaron incluso más. Los odiaba. Solía leer revistas de chismes antes de conocer a Sam y casarme con él, pero nunca me puse a pensar en lo que tenían que aguantar las celebridades.

Mantuve mi mirada baja y luché para tragarme las lágrimas. Holden acomodó a Anthony de modo que su silla les diera la espalda a los reporteros, evitando que le tomaran fotos. Finalmente, me rodeó con un brazo y nos fuimos, en lugar de dejarnos fotografiar mientras comíamos.

Decidimos regresar a mi casa, ordenar comida y rentar películas. Para ese momento, me había dado cuenta de que no había tenido motivo alguno para sentirme nerviosa. Holden nunca mencionó lo que pasó entre nosotros la otra noche. Estar con él se sentía tan cómodo y familiar como una frazada.

Anthony se quedó dormido y Holden aún se quedó conmigo. Nos sentamos en el sofá, nos servimos una copa de vino y charlamos.

–En realidad odio dejarte mientras Sam no está –Dijo.

–Soy una chica grande –Contesté. –Voy a estar bien. Como dije, no somos tu responsabilidad. Tienes tu propia vida.

–Y como dije yo, tu y Anthony son mi familia, por ende, si tengo una responsabilidad para contigo.

Me reí. –Si en realidad soy tu única fuente de entretenimiento, necesitamos conseguirte una esposa.

–Podrás ser mi fuente de entretenimiento favorita, pero nunca dije que fueras la única –Levantó sus cejas de manera sugestiva.

Rodé los ojos. –¿Alguna vez piensas en casarte?

Se precipitó. –Lo he pensado, claro. Incluso me he acercado a hacerlo una o dos veces.

–¿Entonces por qué un partidazo como tú sigue soltero?

–No estoy seguro si soy un partidazo. Creo que no he encontrado a la mujer indicada –Su expresión se volvió sombría.

–Será una chica afortunada, eso es seguro –Le dije. –La encontrarás cuando sea el momento adecuado.

Holden soltó una risa. –Cuando finalmente sea el momento indicado, no tendré la menor duda –Vio su reloj. –Vaya, debería irme.

Lo acompañé a la puerta, donde me dio un gran abrazo de oso. –¿Estás segura de que estarás bien?

–Estaré bien. Llámame cuando llegues –Susurré.

–*Pego clago que sí* –Dijo, en un acento francés cursi.

Cerré la puerta y los ojos se me llenaron de lágrimas, otra vez, pero me rehusé a llorar. Tenía que ser un adulto. Si estas eran las cartas que la vida me había repartido, me aseguraría de jugar bien.

■■

La primera vez que visité a Sam un par de días después nos rompió el corazón a ambos. Dejé a

Anthony con Joey y me preparé lo mejor que pude. Nuestra visita fue a través de un cristal. No podía sostener a Sam. No podía tocarlo. Mi corazón se hundió cuando lo vi caminar por la puerta del área de visitas. Su apariencia decaída acentuaba los huesos de su rostro. Ojeras oscuras y profundas decoraban sus ojos y un moretón coloreaba su mejilla izquierda. Ambos levantamos el auricular para poder escucharnos.

–Oh, Sam, ¿qué pasó? –Me ahogué con un sollozo que no pude mantener.

Soltó una risa oscura. –Estoy pagando el precio de la fama. Estar con el resto de la población es sumamente divertido.

A pesar de que juré que no lo haría, no pude evitar llorar. Sam se veía como la muerte misma, y verlo de esta manera me aterraba.

–Me alegra verte. Saber que te vería hoy ha sido lo único que me mantiene de pie –Sam se tragó sus propias lágrimas cuando presionó su mano contra el cristal que nos separaba.

Puse mi mano contra la suya. No olvidaré la sensación fría del cristal entre nuestras manos mientras viva, o la tortura de estar tan cerca de él y no poder tocarlo.

–Lo siento tanto, Rosalie. Lamento todo. Vendería mi alma para deshacer todo lo que he hecho, para que esto nunca hubiera pasado y para poder estar en casa contigo y con Anthony –Sam dejó caer su cabeza entre sus hombros y se sacudió con llanto.

–Entonces cambia las cosas ahora. Por favor Sam. No permitas que esto pase otra vez –Dije suavemente.

Sam alzó su rostro y asintió. —Lo haré. Juro por Dios que esto ya terminó. Solo quiero volver a casa y estar con ustedes.

—Te queremos de vuelta en casa.

—Anthony no me recordará.

—Claro que sí, te recordará —Lo consolé.

—No lo traigas aquí, Rosalie, por favor. Se que no lo recordaría, pero yo sí. Nunca quiero que me vea así.

Asentí. No tenía intención de traer a mi hijo a la cárcel para que a su papá.

—¿Tú estás bien? —Sam me preguntó. —He estado tan ocupado sintiéndome mal por mí mismo que no me he molestado en preguntarte cómo estás.

—Te extraño. La casa se siente vacía sin ti. Estoy bien, intentando estarlo, al menos. Anthony me mantiene ocupada. Las noches son duras. Imagino que estás en algún lugar, filmando y que regresarás a casa al día siguiente. Pero no duermo bien sin ti.

—Lo lamento tanto, amor.

—Si lo lamentas, entonces mantente sobrio esta vez, Sam. Por favor. —Mi voz se quebró.

—Lo prometo. Voy a superar esto y esta pesadilla terminará. Y prometo que te compensaré a ti y a Anthony. Juro que seré todo lo que necesitan que sea.

El guardia se acercó a Sam y le dijo que nuestro tiempo había acabado. —Te amo, Rosalie, más que a nada —Besó las puntas de sus dedos y las sostuvo contra el cristal. Hice lo mismo. Me quedé mientras el guardia escoltaba a Sam al otro lado de la puerta, se había ido.

■ ■

Cinco días antes de Navidad, Holden me sorprendió con una visita. Estaba usando un sombrero de Santa Claus y una enorme sonrisa en su rostro.

—*¡Ho, ho, ho!* —Arrastró un árbol artificial de siete pies de altura a través de la puerta. No podía creer que estaba aquí, o que había recordado que era alérgica a los pinos reales. El rostro de Anthony se iluminó cuando vio a Holden.

—¿Qué estás haciendo aquí? —Me lancé sobre él y envolví su cuello con mis brazos.

—Pensé que sería algo lindo sorprender a dos de mis personas favoritas.

—Pero te hablé anoche apenas —Dije. —Definitivamente no te esperaba.

—Todo parte del plan. Te ves increíble —Me soltó.

Anthony soltó un grito de emoción desde la sala. Apenas empezaba a descubrir que tenía una voz propia y balbuceaba todo el tiempo.

—Este no puede ser mi niño —Holden exclamó, trotando hacia la sala. —Tiene el doble del tamaño que tenía hace un mes —Holden levantó a Anthony y le hizo cosquillas en su pancita. Anthony reía y tomaba mechones del pelo de Holden en sus manitas. Su cabello rubio le llegaba a los hombros.

—Hay más cosas en el auto —Dijo Holden.

—Holden… —Empecé.

—¿Qué? El rodaje de la película está en pausa, algo sobre problemas con la estructura del set, así que nos dieron una semana libre de filmación por las fiestas. Y quería asegurarme de que la primera Navidad de mi ahijado sea perfecta.

–Era suficiente con tu presencia, nada más –Dije.

–No, no lo era –Le dijo a Anthony con voz de bebé. –Tenemos que hacer de esta Navidad algo especial, ¿no es así? Mami está holgazaneando, así que el tío Holden se encargó del árbol, las decoraciones y los regalos. Sí que lo hizo.

–¡Oye! –Chillé, fingiendo enojo. –No estoy holgazaneando, simplemente no había tenido tiempo de encargarme de todo.

–Claro… Te estás dejando traer abajo por todo. La Rosalie que yo conozco habría convertido este lugar en el Polo Norte hace dos semanas.

–Si, bueno… –Me callé.

–Así que traje un poco de encanto navideño a este lugar, demándame por eso.

Rodé los ojos, incapaz de aguantarme la risa.

Holden jugó con Anthony un rato más, luego empezó a traer todas las decoraciones. *Pasarse de la raya* no empezaba a describir lo que Holden había hecho. Hizo tres viajes a su auto y trajo las decoraciones para el árbol, pero también pensó en las decoraciones para la casa y una cantidad de juguetes para Anthony que cubriría el resto de su infancia y más.

–Esto es demasiado –Dije, escaneando con mis ojos las pilas de cajas.

–No hables, por favor. Déjame disfrutar del momento –Me contestó.

Empecé a preparar la cena mientras Holden armaba el árbol de Navidad. Necesitaba hacer algo que me sacara el espíritu Navideño y su visita definitivamente lo consiguió. Para cuando la cena estaba lista y la mesa puesta, Holden ya había decorado el árbol con luces que colgaban de las ramas.

—¡Qué hermoso! No sabes cuánto de lo agradezco —Me senté en el brazo del sofá para admirar su trabajo.

—No estoy ni cerca de terminar, pero quería que tú colgaras el primer ornamento —Dijo Holden, entregándome una cajita roja.

—Holden… —Solté un suspiro al abrir la caja.

Adentro, había un ornamento con forma de osito de peluche montado en un caballito. Era un ornamento de *Primera Navidad* con el nombre de Anthony y la fecha de su nacimiento inscritas.

Anthony

4–24–1991

Primera Navidad

1991

—¿Te gusta? —Holden me preguntó.

—Me encanta. Está precioso —Lo abracé y luego colgué el ornamento al centro del árbol, en el lugar de honor.

Holden me rodeó con su brazo, nos perdimos en el encanto del momento y en las luces que nos iluminaban. A pesar de la felicidad que sentía en este momento, extrañaba a Sam.

Holden me apretó levemente. —Haría cualquier cosa por ti, niña.

—Lo sé. Vamos a comer —Levanté a Anthony y me apresuré a la cocina, antes de romper en llanto.

—¿Hice algo que te molestara? —Holden me preguntó, ocupando el asiento frente al mío.

—Dios, no —Me reí. —Lo siento. Simplemente me siento emotiva, es todo.

—Está bien, solo quería verificar. No quiero molestarte nunca, ya has tenido suficiente de eso.

—Eso es cierto. Para serte honesta, creo que no podrías hacerlo, incluso si intentaras.

Me dio una sonrisa tímida. —Lo dudo. Pero mientras estés feliz, yo estoy feliz.

En realidad, me sentía confundida. Holden significaba el mundo para mí. Aunque no quería admitir la verdad, a veces, cuando estaba con él, me olvidaba por completo de Sam. Seguramente era la peor esposa sobre la faz de la tierra. Pero me sentía a salvo con Holden, me sentía amada.

Era una mujer casada y mi esposo estaba atravesando una crisis en ese momento. Estos sentimientos no estaban bien. Pero me rehusaba a perder mi amistad con Holden. Tenía que mantener la boca cerrada e ignorar estas emociones.

Luego de cenar, acosté a Anthony. Cuando regresé a la sala, las luces estaban casi apagadas y el árbol estaba encendido. Holden me ofreció un acopa de vino y nos relajamos en el sofá, luego de encender el monitor del bebé. El árbol titilaba en la sala iluminada de manera tenue. Holden extendió su brazo sobre el respaldo del sofá, detrás de mí, pero no me estaba abrazando, no exactamente. Ahí estaba. Ese sentimiento de calidez y amor. Nos quedamos sentados así por un buen rato, viendo como las luces danzaban en las paredes y bebiendo nuestro vino.

En algún punto, me incliné sobre Holden y descansé mi cabeza sobre su pecho, cerré los ojos. Luego, repentinamente, sentí como Holden me agitaba gentilmente para despertarme. Mis ojos se abrieron de par en par.

Me erguí de inmediato. –Diablos. Perdón.

Holden se rio. –No te preocupes, yo también me dormí un rato. Ya es tarde, debería irme.

–¿Qué hora es?

–Casi las tres de la mañana –Contestó.

–Guau. Es tan tarde que, a lo mejor, deberías quedarte. Tengo un cuarto de visitas.

Se precipitó. –¿Estás segura?

–Claro. No deberías estar conduciendo tan tarde si vas a regresar mañana de todos modos – Dije.

Los labios de Holden se convirtieron en una mueca oscura. Empezó a tomar mi mano, pero se detuvo. Solté un pequeño suspiro de alivio. Era tan tarde y, en ese momento, no confiaba en mí misma. Pero eso no evitó que mi corazón empezara a retumbar.

Sin musitar palabra, subimos las escaleras. La habitación de visitas estaba junto a la mía, la habitación que compartía con Sam.

Holden se detuvo frente a la puerta de su habitación. –Esta noche fue perfecta, Rosalie. Gracias por formar parte de mi vida.

Mi corazón saltó hasta mi garganta. –¿Pero es suficiente? ¿Nuestra amistad? –Las palabras salieron de mi boca antes de que pudiera detenerlas.

¡Basta! ¡Cállate!

La expresión de Holden se suavizó. –Aceptaré lo que puedas ofrecerme.

Asentí. Atravesé el umbral de mi propia habitación y cerré la puerta. Me recosté sobre la madera. Mi vida era un completo y maldito desastre. Amaba a Sam. En serio lo amaba. O, al menos, eso es lo que me decía. También le tenía miedo, pero le había prometido en las buenas y en las malas, no huiría cuando las cosas se pusieran feas.

También amaba a Holden, de una manera muy distinta. Él era seguridad, era calma y certeza. Sus humores no cambiaban en un abrir y cerrar de ojos. No estaba aterrada de él. Me acosté sobre la cama y la guerra en mi cabeza estalló hasta que sucumbí ante un sueño irregular.

Me levanté tarde al día siguiente. Cuando finalmente vi la hora en el reloj sobre la mesa de noche me di cuenta de que eran casi las nueve y media. Brinqué de la cama llena de pánico. A menos de que estuviera enfermo, Anthony nunca dormía hasta esta hora.

Mi histeria se calmó cuando escuché la voz de Holden y las risas de Anthony abajo, en la sala. Bajé las escaleras y me inundó un alivio enorme cuando vi a Holden y Anthony jugando en el sofá.

—Buenos días Mami —Dijo Holden.

—No tenías que levantarlo. Gracias.

Holden se encogió de hombros. —Pensé que no te caería mal descansar un poco más. Imaginé que la última vez que dormiste tanto fue antes de que este bodoque hiciera su entrada triunfal —Holden hacía a Anthony brincar de arriba abajo sobre sus rodillas. Me senté a su lado. Mi hijo sonrió y me extendió sus brazos.

Holden me lo entregó y sonrió. —¿Qué?

—Nada. Solo te estaba viendo con Anthony. ¿Café?

—¿Necesitas preguntarme, en serio?

Me dio una palmada en la pierna. —Sale un café, en seguida.

Pasamos el día decorando la casa. Holden puso música Navideña y, con una sonrisa tímida, me entregó una caja llena de ornamentos.

—¡Cubre los pasillos! —Cantó y señaló al árbol, desnudo a excepción de las luces y el ornamento de Anthony.

Moví los hombros, sin sentir el espíritu de la Navidad. Luego de una hora de escuchar a *Bing Crosby* y a Holden cantar, empecé a sentir cosquilleos cálidos. Para cuando terminamos, mi casa y mi alma estaban cubiertas de magia Navideña.

—Saldremos el día de tu cumpleaños —Me dijo Holden.

—No tienes que sacarme.

Sacudió la cabeza. —No, no tengo que hacerlo, pero quiero hacerlo. Ya tengo todo planeado y reservado, mi mamá se ofreció como niñera.

Fruncí el ceño. —No quiero molestarla.

—Por favor, lo adora. Mi mamá no podría amar más a Anthony, incluso si fuera su propio nieto.

Solté una risa. —Bueno, es más abuela de Anthony que la mamá de Sam.

—Exacto —Dijo. —Vio a Sam crecer, así que cualquier hijo de Sam siempre será de la familia.

—En serio espero que no hayas tenido ningún problema por todo lo que has hecho por mí —Le advertí.

—Nada que tenga que ver contigo es un problema. Este es un cumpleaños importante, cumplirás dieciocho años.

—Creo que esos hitos se acabaron cuando Sam me emancipó.

–Bueno, de igual forma es un cumpleaños importante, y lo vamos a celebrar como tal –Me guiñó.

Holden se quedó a cenar con nosotros, pero se fue antes de mi llamada diaria con Sam. Sam estaba de un humos decente, así que la conversación no fue tan emotiva como lo habían sido hasta ahora. De todos modos, me sentí culpable.

Sam ya tenía algunos proyectos en cola para cuando terminara su rehabilitación. Supongo que el dicho viejo sobre la publicidad es cierto; *cualquier tipo de publicidad es buena publicidad.* Tuvo más propuestas de trabajo durante su tiempo en la cárcel que cuando salió a la luz su adicción a las drogas y sus arrestos.

Esa semana empecé las compras navideñas, finalmente. Tendría una pequeña cena en casa con Anthony, Joey y Holden. Gracias al cielo, mis papás se quedarían en Indiana. A Sam le concedieron una visita extra en Navidad, la cual tendríamos a primera hora.

■■

El veintidós de diciembre cumplí dieciocho años. Holden me recogió en la noche y dejamos a Anthony con su mamá. Me sorprendió llevándome al mismo restaurante en *Long Beach* al que fuimos cuando arrestaron a Sam.

Algunas personas, incluyendo al camarero, reconocieron a Holden. Pero nos dejaron en paz, algo que no habría sido posible en Los Ángeles. No había una multitud de reporteros o paparazzi tomándonos fotos mientras comíamos. Se sintió como una salida normal.

Mientras esperábamos a que llegara la comida, Holden me tomó de la mano. —Feliz cumpleaños Rosalie.

Apreté un poco su mano. —Gracias, Holden. Esto significa mucho para mí.

—Te compré algo —Me lanzó su sonrisa juguetona.

—Holden, deja de molestarte por mí —Protesté.

—Calla —Alcanzó algo por debajo de la mesa y sacó una bolsa de regalo, me la entregó.

Tenía que haber tenido esta velada planeada ya, porque no vi que sacara nada del auto, o que llevara algo a la mesa. A juzgar por el peso de la bolsa, sabía que contenía libros. Los saqué y desempaqué el primero. Era una copia de pasta dura de *The Thorn Birds*, de Colleen McCullough. Había leído ese libro veinte veces.

—Dios mío Holden, muchas gracias —Acaricié la portada con la mano.

—Abre el siguiente —Me instó. Él parecía estar mucho más emocionado que yo.

El siguiente libro era una edición de 1933 de *Los Tres Mosqueteros*, por Alexandre Dumas. Recorrí las letras gravadas en la portada con mis dedos.

Había estado obsesionada con este libro desde la primera vez que lo leí, en la primaria. Había rumores de que producirían una nueva película de los mosqueteros, con posibilidades de un anuncio de reparto durante la primera semana luego de Año Nuevo. Holden sería perfecto para el papel de Athos.

Esto tuvo que haberle costado a Holden miles de dólares, o más.

—No tengo palabras —Balbuceé.

—¿Te gusta?

—Me encanta. Nunca nadie ha hecho algo así por mí.

—Sabía que te encantaría.

—Gracias —Suspiré, abrumada.

—La mirada en tus ojos es el único agradecimiento que necesito —Contestó. —Feliz cumpleaños, cariño.

Me tragué las lágrimas que amenazaban con rodarse por mi rostro. Holden y yo habíamos tenido muchas conversaciones, y parecía recordar cada detalle que le había dicho. Dudaba que Sam recordara mi color favorito.

—Holden… Yo…

Me tomó de la mano. —No necesitas decirme nada. Solo baila conmigo, por favor.

Lo hice.

Y la velada voló.

Cuando llegamos a la casa de los padres de Holden a la una de la mañana, Anthony ya estaba más que dormido.

—No haría sentido despertar al pequeño y sacarlo de la cama —Dijo Louise, la mamá de Holden. —Lo acomodé en la cuna portátil en la habitación de visitas. Tú también podrías descansar un poco, si quisieras.

Me sentía un poco bebida, pero lo que me embriagaba era la felicidad. —Gracias Louise, de verdad te lo agradezco —Le dije. Seguí a Holden a la segunda planta.

Revisamos a Anthony, que estaba en el quinto sueño.

Cuando entramos a la habitación de visitas, que estaba frente a la habitación de Holden, me abrazó. –¿Disfrutaste tu celebración? –Preguntó.

–Este ha sido el mejor cumpleaños de mi vida.

Descansó su barbilla sobre mi cabeza. –Me alegra poder haberte hecho feliz esta noche.

–Siempre –Lo corregí.

Lentamente, sus brazos cedieron y se separó de mí. –Sabes… Yo… –Se detuvo.

–¿Qué? –Lo presioné.

–Nada, tuve una idea tonta. Olvídalo.

Me senté sobre la cama y tiré de él, para que se sentara a mi lado. –No. Dime, podría resultar mejor de lo que imaginas.

Luchaba mientras buscaba las palabras adecuadas y, en la luz tenue de la habitación, me di cuenta de que sus ojos brillaban con lágrimas sin derramar.

–¿Qué sucede? –Moví un mechón de su cabello que cubría sus ojos. Tomó mi mano y la besó. – Holden, ¿qué está pasando? Me estás asustando.

–Lo siento –Dijo, con un tono de voz grave. – Hablaremos luego –Me besó en la frente y se levantó.

–Holden –Lo llamé, firmemente. –No te irás de esta habitación hasta que me digas qué sucede.

–No puedo.

–¿Desde cuándo? –Demandé.

Me vio a los ojos. Sus labios se separaron, pensé que estaba a punto de hablar, pero en lugar de eso se lanzó sobre mí, me envolvió en sus brazos y me besó. Mi cuerpo vibraba con vida y sus labios temblaban contra los míos, ansiosos, esperando. Lo besé de vuelta. Puedo dar mil excusas de por qué no lo empujé, pero en lugar de eso, lo besé porque lo deseaba a él.

Era mi lugar seguro. Era a dónde mi corazón se escabullía en las noches cuando el día terminaba y estaba sola. Envolví su cuello con mis brazos, sabiendo que necesitaba detenerme ahora mismo.

Cuando finalmente nos separamos, mis brazos aún lo rodeaban. Juntamos nuestras frentes y nos aferramos al otro en silencio.

—Lo siento —Susurró.

—Lo sé —Mi comportamiento me avergonzaba, pero no podía soltarlo.

—Esto no está mal, Rosalie. Se que eso crees, pero él no te merece. No puedo mantenerme lejos de ti.

—Lo sé. No puedo mantenerme lejos de ti tampoco. Pero Holden, no podemos… Quédate conmigo —Susurré. —Solo, quédate.

Sin una palabra más, se quitó el saco que vestía y lo lanzó encima de la cómoda. Nos acostamos sobre la cama, pecho a pecho, con mi cabeza reposada sobre su hombro y mi rostro enterrado en su cuello. Me dormí mientras acariciaba mi cabello.

Lidiaríamos con las consecuencias en la mañana.

■■

Los balbuceos de Anthony nos despertaron a la mañana siguiente, con el sol invadiendo la habitación por la ventana. Aún estábamos entrelazados el uno con otro, pero Holden no podía verme a los ojos.

—¿Por qué no me miras? —Pregunté.

—Tenía miedo de que no estuvieras cuando despertara. O que estuvieras molesta, o ambas. Me aterraba que nuestra amistad terminara.

—No puedo perderte —Murmuré.

Holden acarició mi frente. —Yo tampoco.

Busqué en sus ojos. —¿Incluso si no puedo darte más?

—No —Dijo. —No hasta que estés lista.

Le pegué en el hombro, jugando. —Eres un idiota. ¿Qué sucederá si nunca llego a estarlo? Amo a Sam.

—Crees que lo amas. Y si nunca me desearas, aún tendría recuerdos maravillosos con mi mejor amiga.

—No podemos dejar que esto suceda otra vez —Dije.

—Lo sé —Holden me besó. —Es el último —Susurró. —Por ahora, al menos.

Los balbuceos de Anthony se convertían en alaridos enojados, así que me salvó de contestarle. Me sentía culpable por no sentir culpa. Amaba a Sam, en realidad, pero estaba tan cansada de su egoísmo y falta de amor. Lo único que me estaba enseñando Sam era cómo vivir sin él.

También amaba a Holden, pero no podía admitir que era un amor romántico. Tenía que enterrar ese amor lo más profundo que pudiera, tener esos sentimientos no era correcto.

Discutí conmigo misma mientras cambiaba y alimentaba a Anthony. Por ahora, Holden y yo pusimos la velada de anoche en el pasado y pretendimos que no había sucedido nada.

Pretender se había convertido en un juego, un juego en el que me había vuelto muy buena.

Capítulo Once

En Nochebuena, empecé mi primera tradición con Anthony. Recibió pijamas navideñas nuevas, leche con chocolate y una película navideña nueva. No estaba interesado en la película, realmente, pero de todas formas nos acurrucamos sobre un puñado de frazadas que había acomodado en el suelo de la sala y nos quedamos dormidos.

Mi visita navideña a Sam fue a las diez de la mañana. Hice que Joey se quedara cuidando a Anthony y a mi jamón mientras iba con Sam. Temía ver a mi esposo, pero también me emocionaba hacerlo. Necesitaba verlo, mantenerlo cerca de mi corazón y dejar de ser estúpida.

Sam se veía un poco mejor, pero había pedido más peso.

—Hola amor —Dijo, suavemente.

Sentí como la culpa me pegaba en oleadas y rompí en llanto. Nunca más me permitiría perderme en la fantasía que tenía con Holden.

—Lo sé, Rosalie. Lamento tanto que las cosas sean así —Sam dijo, me sentía agradecida de que le atribuyera mi estallido emocional al hecho de que lo extrañaba. No era una mentira total. —Esta es la última vez que te diré *feliz navidad* a través de un cristal.

—Eso espero, Sam. Te necesito. No creo poder aguantar mucho más de esto, necesito que estés sobrio y que te quedes así.

—Lo haré. Lo prometo. Se que tal vez no me crees, pero te amo —Sus ojos nadaban en lágrimas.

Mi estómago se anudó. Amaba a Sam, quería la vida que debíamos tener.

–También te amo, Sam. Te amo tanto.

Solo tuvimos una hora, así que cambié de tema y le enseñé a Sam fotos de Anthony. Eso mejoró su humor. Luego de una despedida llena de lágrimas, enterré la tristeza y me fui a casa para terminar de preparar la celebración de Navidad. Estaba motivada a hacer de la velada algo especial.

Holden ya había llegado para cuando regresé a casa. Parecía estar enterrando los eventos de anoche tan profundo como yo.

En general, Navidad fue un éxito. Probablemente tomé mil fotos y mandé a Joey a casa con suficiente comida para una semana.

Holden se iría de vuelta a Florida para terminar su película a la mañana siguiente, lo que significaba que me quedaría sola, otra vez. Pero ahora, la idea no me molestaba tanto. Necesitaba el tiempo a solas, necesitaba poner distancia entre Holden y yo para poder ordenar mis pensamientos.

Sam fue liberado de la prisión del Condado de Los Ángeles el treinta de diciembre y fue admitido al centro de rehabilitación de inmediato, para poder empezar su sentencia de sesenta días. Sesenta días que se estiraron ante mí.

Mi primera visita al centro de rehabilitación fue difícil. Anthony se negó a ir con Sam. Ya no se recordaba de quién era. Sin las drogas en el sistema de Sam, estoy segura de que su aroma había cambiado, o algo. Lo que fuera que era diferente en él, hacía que Anthony no quisiera acercarse. Creo que eso, más que nada, fue lo que afectó a Sam.

–Dios, mi propio hijo se olvidó de mi –Sam lloró. –Se terminó esta mierda, lo juro.

Durante el curso de las siguientes ocho semanas, Anthony se acostumbró a Sam nuevamente. Creo que lo que ayudó más fue que, durante esas ocho semanas, Holden no estaba. Sam había formado parte de la vida de Anthony de forma tan intermitente que, hasta ahora, la única figura masculina constante en su vida había sido Holden.

Sam regresó a casa la primera semana de marzo y la vida fue un ajuste para los dos. Estaba acostumbrada a ir y venir a mi antojo y Sam estaba acostumbrado a estar monitoreado y restringido, de cierta forma.

Las primeras tres semanas estuvieron bien. Tuvimos un par de roces aquí y allá, pero excusé los humores oscuros de Sam como su forma de lidiar con los eventos del año, de procesarlos.

Mientras no estaba preocupada de que volviera a usar drogas gracias a los análisis aleatorios a los que tenía que someterse, aún no podía identificar qué es lo que le sucedía exactamente. A veces, Sam se encerraba en su estudio durante horas y se negaba a responder. Durante una de esas ocasiones me cansé y llevé a Anthony de compras para preparar su fiesta de cumpleaños.

Sam insistió que hiciéramos una gran fiesta para su primer cumpleaños y, aun así, estábamos a una semana y aún no había hecho nada. Para entonces, yo ya estaba acostumbrada a hacer que las cosas sucedieran y tomar las riendas. No pensé que a Sam le molestara que me encargara de los detalles.

Anthony se había quedado profundamente dormido mientras regresábamos a casa, estaba cargando su silla y la comida que había comprado de camino a casa cuando atravesé el umbral. Sam estaba sentado en el sofá, con las cortinas cerradas y las luces apagadas.

–Hola amor –Dije. –Traje la cena. ¿Por qué estás sentado a oscuras? ¿Estás bien?

Sam se mantuvo inmóvil y me vio. Anthony estaba dormido, así que lo dejé en su silla y me senté en el piso, al lado de Sam.

–¿Quieres que te sirva? –Le pregunté.

Dándome el fantasma de una sonrisa, Sam extendió su mano. La tomé y tiró de mí con fuerza, levantándome.

–¡Ay, Sam! –Chillé.

Tomó un mechón de mi cabello y me obligó a alzar la mirada. –¿Dónde demonios estabas?

–Comprando las cosas para la fiesta de Anthony. Suéltame, ¡me estás lastimando!

–Cállate. ¿Estuviste de compras por cuatro horas?

–Si.

Apretó su mano, tenía uno de mis brazos inmovilizado atrás de mí.

–¿Entonces dónde está todo lo que compraste? –Demandó.

Lo vi, estupefacta. Había estado en casa un par de semanas nada más, ¿y ya estábamos de vuelta en esta situación?

–En el auto –Le contesté ariscamente. –Quería traer a Anthony primero. Sam, tienes que soltarme, me estás lastimando.

Me soltó. Salté y me eché para atrás. –¿Cuál es tu problema? –Me dolía el brazo y luchaba contra las lágrimas.

—Yo no soy el que tiene un problema, Rosalie, querida, la del problema eres tú —Sam se levantó, sus labios dibujaban una sonrisa siniestra, una sonrisa que combinaba bien con la mirada fúrica que tenía en los ojos.

Mi corazón se hundió.

Sabía lo que venía.

—Has tenido demasiada libertad mientras no estaba —Dijo, con un tono de voz frío. —Lo único que haces es salir a gastar dinero. ¿Qué clase de esposa eres? No estás en casa cuidándome, o siquiera pensando en mí.

—Alguien tiene que salir a comprar comida y cosas para la casa amor —Dije. Me di cuenta de que, lentamente, se estaba acercando a mí.

Anthony brincó en su silla y Sam se detuvo para verlo. Planeé mentalmente un camino desde donde estaba hacia mi hijo y luego a la puerta. Me desesperé. Sam estaba en medio de mí y nuestro hijo.

Sam devolvió su atención a mí. —No me dices cuándo sales.

Si le había avisado antes de salir, pero ahora no era el momento de corregirlo. —Lo siento —Tartamudeé. Dudaba que pudiera decir algo que lo tranquilizara.

—¿Con quién estabas? —Demandó.

Miré a Sam, incrédula. —¿Qué?

Soltó un gruñido que vino desde algún rincón de su pecho, dio dos zancadas y estaba en frente de mí. Alcé las dos manos en un esfuerzo por defenderme. La cachetada de Sam me aventó la cabeza a la izquierda.

—¡No te hagas la estúpida conmigo! —Me gritó.

Aguanté la necesidad de gritas. Anthony saltó otra vez, pero volvió a dormirse.

–Siempre te vas corriendo a algún lado –Sam se acercó más. –¿Quién es él?

–Tu eres el único Sam, solo tú –Me ahogué en lágrimas.

Sam me inmovilizó contra la pared. Puso un brazo en cada lado de mi rostro y acercó el suyo, estaba a una pulgada de distancia. –No me mientas, carajo.

–Sam, no te estoy mintiendo.

Cerró los ojos y sacudió la cabeza. –Rosalie, Rosalie, Rosalie…

–No he estado con nadie más, solo contigo – Acaricié su rostro con una mano temblorosa.

Apartó mi mano con un golpe. –¿Ni siquiera con Holden?

Mi respiración se aceleró. Eso era evidencia suficiente para Sam. Me tomó del cuello y me aventó al piso, caí con él encima de mí.

–¡Maldita perra! –Con una mano en mi garganta, me abofeteó por la derecha y de vuelta por la izquierda con su mano libre. Luego acomodó su mano libre en mi cuello también, y apretó. –¿Por cuánto tiempo?

Aruñé y pataleé, esforzándome por respirar. Anthony empezó a gritar.

–Todo está bien, amiguito –Sam le cantó suavemente a Anthony. Liberó un poco la presión en mi cuello y luche para poder inhalar. –Mami ha sido una chica mala, así que Papi le está dando una lección –Sam continuó con el mismo tono.

Por favor, no permitas que me mate, le rogué a Dios.

—¿Por cuánto tiempo? —Sam demandó nuevamente.

—Nunca —Espeté.

—Maldita mentirosa —Esta vez, me dio un puñetazo.

Escuché cómo mi nariz se rompió con un crujido fuerte, grité del dolor. De repente, el peso de Sam se alzó. Se paró y caminó hacia Anthony, donde yacía acostado, gritando en su silla.

Tosí e intenté respirar mientras un río carmesí fluía de mi nariz rota. Mi visión se llenó de puntos ciegos. Sam levantó a Anthony y lo meció gentilmente, consolándolo como si los eventos del último minuto no hubieran pasado.

Debí haber perdido la consciencia por un momento porque, cuando volví a abrir los ojos, Anthony estaba en el suelo con un biberón. No vi a Sam de forma inmediata. Me quedé quieta e intenté escucharlo. Luego de un momento, la puerta principal se abrió y los sonidos de bolsas plásticas y pasos se fusionaron.

Intenté sentarme, detonando un dolor intenso en todo mi cuerpo. Un momento más tarde, Sam apareció a mi lado, me extendió una mano.

Lo último que quería era aceptar su ayuda, pero tomé su mano y lo dejé levantarme. Me tambaleé y me dejé caer en el sofá. Mi cabeza se sentía como si estuviera debajo de agua. Cerré los ojos y respiré para evitar desmayarme otra vez. Luego de varios minutos, Sam me ayudó a levantarme. Mantuvo un brazo a mi alrededor mientras luchaba por recobrar el balance.

—¿Ves, amiguito? Te dije que Mami solo necesitaba dormir un segundo. Ve a limpiarte — Espetó en mi oído.

Me tambaleé hacia el baño, apoyándome en el lavabo mientras estudiaba mi reflejo en el espejo. Moretones púrpuras y profundos ya se estaban formando alrededor de mi nariz y debajo de mis ojos. Mi nariz se había quebrado, definitivamente. Esperaba que no sanara de manera torcida.

Empapé un trapo con agua fría y limpié la sangre que cubría mi rostro y mi cuello. Luego tomé un trapo nuevo, limpio, y lo mojé, presionando la tela suave contra el puente de mi nariz. Intenté no llorar mientras el alivio y el dolor luchaban por el dominio. No quería pensar en lo mucho que me dolería sonarme.

Quería decirme a mí misma que no podía creer que Sam me había roto la nariz, pero sí que lo podía creer. Moretones profundos se empezaban a formarse alrededor de mi cuello. Eso significaba que estaría usando muchos cuellos de tortuga y bufandas por un mes.

Sentía como si me hubiera quedado en el baño durante horas cuando, en realidad, habían sido veinte minutos, a lo sumo, antes de que pudiera obligarme a regresar a la sala. Sam había calentado la comida china que traje y preparó nuestras bandejas en frente de la televisión. Anthony jugaba sobre su frazada.

Con una sonrisa, Sam le dio una palmada al espacio a su lado, para que me sentara. No quería estar en la misma casa que él, menos aún sentarme cerca, pero negarme habría sido peligroso.

—Esa es mi chica buena. ¿Ves? Lección aprendida. Nada de desaparecerse de nuevo, ¿okey? —Me habló como si fuera un niño al que recién le levantaban un castigo.

—Si, Sam.

—Para evitar más situaciones, tendrás un límite de tiempo para estar fuera de casa.

No había una disculpa en su voz, ningún reconocimiento de la paliza que me había dado. Sam sonrió y acarició mi pierna, riéndose de los chistes de la comedia que estaba viendo en la televisión, como si nada estuviera pasando. Comí poco y hablé aún menos.

Esa noche, luego de que Anthony se durmió, Sam quería tener sexo. Lo dejé. Cada movimiento dolía y me hacía sentir ganas de vomitar. Cada vez que me quejaba o gemía de dolor, Sam lo tomaba como si lo estuviera alentando. Cada una de las caricias de Sam era repugnante. Amaba tanto a Sam, pero no podía aguantar el pensamiento de tenerlo cerca. Cuando terminó, se recostó sobre un costado, me rodeó con su brazo y me acercó hacia él.

Me quedé despierta por un buen tiempo. Necesitaba irme. Pero tenía demasiado miedo de arriesgarme a obligarlo a llevar a cabo la amenaza que me había hecho, que me obligaría a regresar. Si no me mataba antes.

Este hombre había comprado mi emancipación junto con nuestro matrimonio. Ni de chiste me arriesgaría a enfrentarme con Sam en una batalla por la custodia de mi hijo.

Me desperté temprano a la mañana siguiente, oliendo tocino y café en el aire. Tentativamente, me senté sobre la cama, dándome unos minutos para que el mareo pasara. Una vez que me aseguré de que Anthony aún dormía, bajé las escaleras. En la cocina había un ramo de lirios blancos y un par de cajas de terciopelo negras, joyas.

–Hola –Sam me dio una taza de café.

–Hola –Contesté.

–Rosalie, lo siento. Ni siquiera recuerdo qué fue lo que pasó.

Tomé el café y me senté.

–¿Te duele mucho? –Preguntó.

–Me duele todo el maldito cuerpo –Espeté. Incluso tomar mi café me dolía.

Lentamente, Sam se acercó a mí. Cuando intentó rodearme con sus brazos me tensé. Con el cambio drástico de su respiración al darse cuenta de mi reflejo, me preparé para otro impacto.

–Me tienes miedo… –Dijo. –Dios mío, lo siento tanto.

Sam se arrodilló ante mí, puso su cabeza sobre mi regazo y lloró tanto que su cuerpo se sacudía con cada respiración. Una actuación digna de un premio de la Academia. Me senté rígidamente sobre mi silla. Mi estómago se revolvió, pero lo perdoné. Una historia tan antigua como el tiempo mismo. No veía otra opción, tenía que perdonarlo.

Sam se levantó y se sentó en la silla que estaba al otro lado. Me tomó de la mano. –Necesito ayuda, Rosalie. Esto no tiene que ver con las drogas, esto se trata de mí. No sé por qué hago las cosas que hago, o qué se mete en mi cabeza. Lo siento tanto. Tal vez el psicólogo de rehabilitación tenía razón.

Los ojos de Sam se iluminaron cuando me vio. Levanté una ceja, pero me quedé en silencio.

—Me dijeron en rehabilitación, que soy bipolar –Continuó. –Me estaban dando medicinas, pero dejé de tomarlas cuando regresé a casa. No pensé que las necesitara, no en realidad.

Me quedé atónita. Esta era la primera vez que estaba escuchando esto. No sabía qué pensar.

—Programaré una cita con el doctor mañana –Dijo. –Haré lo que sea para asegurarme de que esto no vuelva a suceder.

—Yo también lo haré –Dije con un tono de voz uniforme.

Había deseado tantas veces que las cosas cambiaran, que mi corazón estaba blindado contra la esperanza de que algún día se detuviera el abuso.

Lágrimas se deslizaban sobre su rostro. Sam se inclinó hacia mí para besarme. –Esto no tiene nada que ver contigo, cariño. Se trata de mí, sólo de mí. Yo soy el maldito desastre. Por favor, no me dejes. Te sobran motivos para hacerlo, pero por favor, no lo hagas. Me quitaría la vida sin ti y sin Anthony.

—No lo haré –Contesté.

Sam se limpió los ojos con la mano. Caminó hacia la estufa y me preparó un plato, pero solo pude verlo cuando lo colocó en frente de mí. Huevos, salchicha y pan tostado. Normalmente, este era mi desayuno favorito, pero el aroma de la comida solo me hacía querer vomitar.

—Te tengo medicina para el dolor, pero tienes que comer algo primero, no puedes tomarla con el estómago vacío –Dijo.

Di un bocado aquí y allá mientras subía al segundo piso, lo poco que logré ingerir se sentía como una plasta de cemento en mi estómago. Sam regresó y me dio dos pastillas blancas.

–¿Qué es? –Pregunté.

–Vicodin. Te van a ayudar, pero probablemente te harán dormir mucho.

Acepté las pastillas y me las tragué con un poco de jugo. No le pregunté dónde las consiguió, o por qué las tenía. No me importaba. Luego de que hicieron efecto, en realidad no me importaba nada. Sam se encargó de Anthony mientras yo entraba y salía de un sueño no reparador por el resto del día.

■■

Para cuando llegó el día de la fiesta de cumpleaños de Anthony, mis moretones se habían convertido en manchas amarillas y verdes en mi piel. Esto era un problema, no solo porque teníamos invitados, sino que Sam había permitido que una revista fotografiara la fiesta e hiciera una entrevista.

Para remediar esta situación, Sam contrató a un artista de maquillaje con el que había trabajado para que viniera a arreglar mi rostro. Era un hombre mayor y muy amable. Sam le contó una historia sobre Anthony pegándome accidentalmente con la cabeza en un movimiento brusco mientras lo cargaba. El hombre se rio, dijo que así son los niños y me ofreció una sonrisa, una sonrisa que no llegó hasta sus ojos. Sabía exactamente lo que había pasado, pero era demasiado profesional como para comentarlo.

El maquillaje profesional ocultó los moretones por completo. La única evidencia de la golpiza que recibí era la hinchazón en mi nariz y debajo de mis ojos, sin mencionar la pequeña torcedura que desviaba mi nariz a un lado ahora. Complementé mi vestido con una bufanda para cubrir los moretones en mi cuello, recé para que cuando las fotos estuvieran retocadas y editadas, nadie pudiera darse cuenta de nada.

La única persona que si dio cuenta fue Holden. Me hizo a un lado, hacia la cocina. —¿Qué le pasó a tu cara?

—Nada.

Me lanzó una mirada, incrédulo. —Por favor, Rosalie. Tu nariz no estaba torcida la última vez que te vi. ¿Qué pasó?

Busco con la mirada a Sam. Lo último que necesitaba era que me viera con Holden sola en la cocina. Afortunadamente, Sam estaba posando para la cámara en la sala, dándonos la espalda.

—Nada, fue un accidente. Suéltalo, ¿okey? —Intenté esquivarlo y salir de la cocina, pero Holden bloqueó mi camino.

—Carajo, ¿te volvió a pegar, cierto?

—Holden, por favor —Me aguanté el llanto.

—Se lo advertí —Holden empezó a caminar hacia la sala, lo tomé del brazo.

—No te atrevas —Espeté.

—Rosalie, esto tiene que parar.

—Ya lo sé. Va a buscar ayuda, pero el que lo ataques en frente de las cámaras no ayudará para nada. Lo único que lograrás es lastimarnos a Anthony y a mí.

Su expresión se suavizó. —¿Por cuánto tiempo seguirás permitiendo que esto continúe? ¿Cuándo terminará? ¿Cuando te mate?

—No es el momento para discutir esto, Holden. Por favor, te lo suplico —Estaba segundos de la histeria.

–No quiero recibir una llamada telefónica avisando que estás muerta porque Sam fue demasiado lejos –Espetó.

–Por favor, Holden, no hagas esto. No ahora –Volví a rogarle.

–Maldición. Está bien –Apretó los puños. –Pero ese hijo de puta no sabe lo que se le avecina conmigo. Solo estoy esperando el día cuando finalmente lo entiendas.

No sabía qué decirle. Holden se movió y me dejó pasar, pero durante el resto de la fiesta, casi no interactuó con Sam. Cuando nuestras miradas se cruzaban, se miraba triste.

■■

El doctor de Sam confirmó el diagnóstico de bipolaridad y le recetó medicinas. La mejoría fue casi inmediata. Cuando Sam tomaba sus medicinas, la vida era buena. Cuando no lo hacía, no tanto.

Mi vida a partir de ese punto consistía en Sam tomando sus medicamentos de forma intermitente, de la misma forma en la que se drogaba, intermitentemente. Experimenté momentos felices, llenos de amor que podían convertirse en amenazas de muerte y golpizas en cuestión de segundos, detonadas por cosas tan triviales como no tener la cena lista a tiempo, o estar fuera de la casa por cinco minutos más de lo que le había dicho a Sam. A veces, incluso, el no tener toallas frescas en el baño terminaban con disculpas y ojos vidriosos por parte de Sam.

Excluyendo a Holden, empecé a aislarme incluso más. La vida de Joey se había vuelto tan ocupada como la mía; había sido promovido en la fábrica y su relación con Paul se había vuelto más seria, así que nuestras visitas se habían ido espaciando durante el último año. Sin saber cuándo tendría moretones o huesos rotos, inventaba excusas la mayoría de las veces para evitar ver a Joey y arriesgarme a que se enterara.

Usualmente, Vicky volaba a Estados Unidos una o dos veces al año. La mayoría de las veces sabíamos cuándo vendría, me esforzaba muchísimo para asegurarme de que Sam estuviera contento durante los días previos a su visita. Por algún motivo, cuando Vicky tenía un viaje planificado, Sam se comportaba.

Sam completó su periodo de prueba de seis meses y pasó todos los análisis toxicológicos sin problema, aunque nunca sabré cómo lo logró. Durante esta época, pasaba de ser la esposa amorosa y dedicada que estaba dispuesta a hacer cualquier cosa para salvar su matrimonio a una extraña desprendida.

Holden visitaba frecuentemente y, si notaba algún moretón nuevo, no hacía ningún comentario, solo me lanzaba miradas tristes. Mi única paz y tranquilidad consistían en Sam y su trabajo, cuando filmaba fuera de casa. Mi única seguridad real mientras estaba en casa era cuando teníamos a los jardineros, o servicio de limpieza trabajando. Últimamente, habían salido a la luz muchísimas niñeras y sirvientas publicando libros sobre las celebridades para las que trabajaban, contándolo todo. Sam siempre se comportaba mientras teníamos gente trabajando en la casa.

Oraba frecuentemente, pero no podía entender por qué Dios no contestaba. Oraba cada noche para que Dios hiciera a Sam feliz, que arreglara nuestro matrimonio y que me hiciera una mejor esposa. Oraba para que Él me ayudara a no enfadar a Sam. Pero sin importar cuánto hiciera o deshiciera, el ciclo siempre se repetía.

La mañana del trece de junio de 1994, me senté en la cocina, tomando una taza de café y escuchando la radio. Con un horrible nudo en el estómago, escuché sobre los asesinatos de Nicole Brown Simpson y Ronald Goldman por primera vez.

El caso me captivó tanto como al resto de la nación. Cinco días después, O.J. Simpson fue imputado con homicidio doble. Por la primera vez desde los disturbios del '92, estaba pendiente de las noticias 24/7. Cuando las acusaciones de violencia doméstica, los reportes policíacos y las fotografías de una Nicole ultrajada salieron a la luz, me sentía enferma. Pero encontré un poco de alivio y consuelo en el hecho de que yo no era la única mujer casada con un hombre adinerado y famoso, capaz de llevar una golpiza muy lejos.

A mediados del juicio, Holden visitó. Vimos la cobertura y escuchamos las grabaciones perturbadoras del 911. Tenía un labio hinchado y un moretón nuevo en el rostro.

—¿Sabes lo mucho que me asusta despertar una mañana y ver tu rostro en las noticias? —La voz de Holden era suave, pero tensa.

—Sam nunca…

—¿En serio crees eso? Después de todo este tiempo, de todas las golpizas… ¿En serio lo crees?

No.

Cuando el veredicto *no culpable* fue anunciado me di cuenta de que nunca podría librarme de mi matrimonio. Resoplé ante los reporteros del noticiero, que instaban a cualquier persona que fuera víctima de abuso a buscar ayuda, a encontrar una salida. ¿Cuál era el punto? Para mí, el juicio demostraba que hombres famosos y adinerados podían salirse con la suya cuando quisieran. OJ era, prácticamente, un vocero para hombres como mi esposo.

Todas las veces que Sam me había lastimado, creía sin duda alguna que, si intentaba irme, me mataría. Algunas veces, cuando las cosas se habían calmado ya, yacía acostada con él en la oscuridad, soñando una y otra vez con irme. Luego del juicio de OJ, dejé de soñarlo. Mi esposo había comprado mi emancipación. Había comprado nuestro matrimonio.

Vicky llamó desde Londres al día siguiente. –¿Asumo que te enteraste del resultado del juicio? –Preguntó.

Tomé el teléfono de la mesa de la sala. –Si –Contesté tímidamente. Sam estaba de mal humor, intentaba hablar lo más bajo posible.

–¿Sabes lo mucho que me asusta que seas la siguiente? Cada vez que el teléfono suena a medianoche creo que es Holden llamando para decirme que Sam te mató. Rosalie, temo por ti y por Anthony.

Estando en la sala, hice mi mejor esfuerzo por ver a Sam discretamente antes de responder. –Yo también. Estamos en otro ciclo complicado. Sus humores están más que revueltos –Susurro en el auricular.

–Oh, Rosalie –La voz de Vicky se quiebra.

–¿Con quién demonios hablas? –Sam demandó desde las escaleras.

—Es Vicky —Me esforcé por mantener mi tono de voz libre de pánico.

—Seguro —Sam me arrebató el teléfono de la mano. —¿Hola?

—¡Eres un maldito cerdo! —Escucho rugir a Vicky.

—Y tú eres un amor. Rosalie está ocupada ahora. Adiós —Cortó la llamada.

Nos vimos fijamente por varios segundos y, para mí, pudieron haber sido horas. Sam se movió increíblemente rápido y en segundos estaba a centímetros de mi rostro. Me preparé para el impacto.

—Los jardineros estarán aquí en cualquier segundo. ¿No te vas a cambiar? ¿O eres tan zorra que quieres que te vean en tu camisón? —Demandó.

—Me iré a vestir ahora. Solo quería preparar tu café primero.

Sam gruñó, luego se volteó y se dirigió hacia la cocina. Me apresuré a cambiarme. Luego de eso, cualquier duda de que Sam era capaz de llevar las cosas demasiado lejos, desapareció.

Lo haría. Podía hacerlo. Y se saldría con la suya.

Como si lo hubiera hecho para darme la razón, en el verano de 1996, Sam fue descubierto en una aventura con una actriz joven con la que trabajaba para un proyecto. Varios noticieros y revistas publicaron fotos, una incluso publicó una entrevista con la chica delgada y bella. Cuando confronté a Sam sobre las fotos y la entrevista, simplemente se encogió de hombros y se encerró en su estudio el resto del día.

Cuando finalmente salió de su estudio para cenar, le mencioné el divorcio. Recibí un ojo morado y un labio partido por el esfuerzo.

187

Capítulo Doce

Todo estalló durante un fin de semana a inicios de septiembre de 1996. Anthony tenía cuatro años. Temprano en la mañana de ese viernes, desperté con el sonido estridente de música rock emanando de la oficina de Sam. Corrí hacia la oficina y arranqué el cable de la bocina.

–¿Estás loco? –Demandé. –Son las seis de la mañana. Vas a despertar a Anthony, sin mencionar al vecindario completo.

–Perdón, amor. Estaba intentando trabajar en algunas cosas –Dijo, su oración se escuchaba como un monótono largo y revuelto. Sam estaba sudando y no podía quedarse quieto.

Fruncí el ceño. –¿Estás bien? ¿No te has ido a acostar?

–No podía dormir. Mala noche, supongo. Creo que voy a reorganizar algunas cosas aquí. Oye, ¿qué tal un café? Iré a prepararlo –Dijo, enunciando una palabra por minuto.

Me pregunté qué se había metido esta vez.

–Seguro –Contesté.

Haría cualquier cosa para evitar una pelea. Vivir de esta manera me frustraba, pero acceder era lo más conveniente cuando Sam estaba así. Podía pasar de ser un esposo amoroso y animado a uno violento e intimidante sin advertencia alguna.

Para cuando llegué a la primera planta, Sam ya tenía el café preparándose y estaba revolviendo huevos frente a la estufa. Saltaba de tema a tema más rápido de lo que podía procesar.

–Recibí un correo de Maddy –Dijo. –Hay un guion que quiere que revise más tarde.

—Eso es bueno.

Maddy había sido su agente por años. Las últimas películas de Sam no habían tenido mucho éxito en taquilla, solo una había llegado a ser medianamente exitosa. Ansiaba un hit.

—Si, estoy listo para regresar al trabajo —Dijo.

La voz de Anthony me llamó por el monitor, salvándome de esta conversación. Salté antes de que Sam pudiera ofrecerse a ir. Tenía una sensación terrible en mi estómago. Algo venía, pero no sabía qué. Una vez preparé a Anthony y lo traje abajo, la comida estaba lista en la mesa. Sam estaba cortando el teléfono cuando llegué.

—¿Quién era? —Acomodé a Anthony en la mesa y empecé a servirle.

—Era Vicky. Estará en la ciudad esta semana y quiere verte, algo sobre reunir a los niños.

—Ah, ¿sí? Sería agradable —Dije con un tono de voz neutro. —La llamaré más tarde.

No tenía hambre, pero comí un poco mientras Anthony devoraba su desayuno.

—¿Qué tal un fin de semana de chicas con los niños? —Sam sugirió.

Lo vi, tomada por sorpresa por su idea. Algo estaba pasando, definitivamente. Sam nunca sugería que fuera a ningún lugar. E incluso, cuando si salía, tenía límite de tiempo. Solo Dios podía ayudarme si no lo respetaba.

—Sabes… —Sam dijo con la boca llena. —Si acepto este papel, lo cual a lo mejor haré, seguramente tendré una audición el lunes o martes. Necesitaré tiempo para prepararme.

Estoy segura de que me veía tan confundida como me sentía. —¿Okey? ¿Estás seguro?

–Absolutamente, tú también necesitas tiempo para ti.

Sam estaba dándome permiso para ir a otro lugar… ¿Durante todo el fin de semana? *Excelente.* Llamé a Vicky para organizarlo todo. Ya que Sam se iría al medio día a ver a Maddy, le dije a Vicky que nos recogiera en una hora.

Limpié la cocina y empecé con los quehaceres de la casa. Sam se encerró en su oficina. Estaba doblando la ropa y guardando los calcetines de Sam cuando, por accidente, me di cuenta de que la gaveta no cerraba por completo. Intenté todo, reacomodé la ropa, sacudí la gaveta en el riel, la abrí y la cerré. Nada. Finalmente, la saqué del riel y la saqué de la cómoda.

Buscando con mi mano, encontré una bolsa plástica repleta de más bolsitas que contenían de todo; hierba, cristales, polvo blanco fino, una cuchara sucia cubierta con una película alquitranada y una jeringa.

Ya me había llevado a mi límite. Furiosa, me dirigí hacia su oficina y entré sin anunciarme. Sorprendido, Sam me miró con ojos gigantes.

–¿Qué mierda es esto? –Le lancé la bolsa a los pies.

Su mirada se clavó en las drogas y luego en mí. –Rosalie, escucha…

–¡No! Ya estoy harta de esta mierda. Ya es suficiente que vuelvas a casa borracho, o drogado a no poder más, ¿pero estas escondiendo esto en la casa otra vez? Eres patético.

Sam gruñó. –Te recomiendo que te detengas mientras aún tienes la ventaja.

No me importaba. Cinco años de mi vida habían sido desperdiciado en una pelea constante, rogándole a mi esposo que no me lastimara. Cinco años de un infierno.

—Ya no más, Sam. Y no me importa lo que me hagas. Eres patético y no vamos a ser parte de eso un segundo más. Si las drogas son lo único que te importa, quédatelas.

Me di cuenta y marché fuera del cuarto, hacia la primera planta, donde Anthony veía caricaturas. Estaba por empezar a descender las escaleras cuando sentí dedos fuertes tomarme del brazo.

Sam me dio la vuelta. —*Eres una perra.* ¿En serio crees que me vas a dejar?

—No lo creo, Sam, lo sé. Suéltame.

A pesar del miedo que sentía, la rabia y el coraje me motivaban. Me iba a ir. Durante esos momentos, en la habitación, finalmente lo entendí. Esta iba a ser mi vida por siempre, a menos que cambiara el guion.

Sam había tenido cada oportunidad de corregir sus errores y limpiar el desastre que había hecho. Lo único que había logrado era arruinarlo todo. No iba a detenerse y yo estaba segura de que no me involucraría más. No me importaba si eso significaba llevar a Anthony de vuelta a Indiana y trabajar en un comedor.

Los dedos de Sam se enterraron en mi piel. —No tienes nada sin mí. No sé qué mosco te picó, pero esto se termina *ahora.*

—En eso tienes razón. *Esto termina ahora* —Me liberé de su mano.

—Te lo dije, la única forma en la que te irás de aquí es en una bolsa para cuerpos.

Sam se puso en frente de mí y me empujó. Grité, rebotando contra la pared, dándole a cada escalón en mi camino. Sentí un dolor punzante en mi brazo izquierdo y mi cadera, aterrizando en el descanso de las escaleras.

Anthony gritó. Escuché los pasos que daban sus piecitos, tambaleándose hacia las escaleras. Mientras se quedara en la sala, la barandilla me escondería. Si llegaba al fondo de las escaleras, tendría la vista perfecta del espectáculo que montaban sus padres.

–No te preocupes, amiguito –Sam cantó con su voz de padre estrella mientras descendía hasta donde había caído. –Mami se tropezó, pero está bien. ¿Cierto, cariño?

–Está bien, amor. Ve a ver tu programa –Le dije, con un tono de voz más agudo del que esperaba. Me esforcé por mantener mi voz firme y tranquila. Escuché, orando por no escuchar a Anthony acercarse a las escaleras.

Mi brazo y hombro palpitaban con el dolor. Sam me tomó de la blusa y acercó mi rostro al suyo. –No me vas a dejar. ¿Me entiendes?

–Púdrete –Espeté.

Sam me dio un puñetazo en la cabeza que me hizo ver estrellas. –Sigue buscándome, Rosalie, y me vas a encontrar. Te irás en una bolsa. Arréglate, tengo que ir a trabajar.

–Tengo el brazo roto –Gemí, aguantando el dolor.

Sam se encogió de hombros. –Debiste haber puesto más atención.

Gateé hacia la barandilla y me paré. –Me empujaste, maldito sádico

Sam se rio, luego me pegó en la boca con su puno. –Me vas a respetar. Eso, o te enseñaré a hacerlo –Se inclinó hacia mí. –Puedes despedirte de tus ideas. Te veré muerta antes que divorciada.

Me dio un beso, fuerte, en los labios. Sentí el sabor de la bilis que amenazaba con salir de mi boca. Lo único en lo que podía pensar era en lo mucho que necesitaba alejarme de él. Así que lo mordí.

–Maldición –Sam se quejó. Me abofeteó tan fuerte que me tambaleé hacia el descanso de las escaleras nuevamente. –¿Te encanta esto, no? –Se encuclilló a mi lado. –¿Adoras presionarme hasta que no me queda más remedio que molerte a golpes, cierto?

Con cada palabra, Sam me golpeaba en los brazos y hombros, quería gritar por el dolor que consumía mi cuerpo completo. En lugar de eso, me mordí la lengua y adopté una posición fetal para proteger mi brazo herido y mi rostro.

–¡No lastimes a mi mami! –Anthony había caminado silenciosamente hacia el fondo de las escaleras y lo había visto todo.

–Mami se portó mal y necesitaba un castigo, hijo –Dijo Sam.

Anthony miró a Sam y luego a mí. Su rostro estaba mojado por sus lágrimas, sus ojos abiertos de par en par por el miedo y la confusión. Sam se apresuró a recogerlo y lo tomó en sus brazos, abrazándolo. El miedo en los ojos de mi hijo era más de lo que podía soportar. Esto era todo lo que necesitaba para tomar mi decisión. Nos íbamos.

Sam acomodó a Anthony en el último escalón y le acarició la cabeza. –Papi se tiene que ir, hijo. Se un niño bueno y ve a ayudar a tu mamá.

Anthony corrió y se lanzó sobre mí. Su pequeño cuerpo se sacudía con cada sollozo. Sam me vio, lleno de furia. Caminó hacia la puerta y la somató mientras salía de la casa.

Anthony lloraba tanto que empapó mi blusa con sus lágrimas. Intentaba controlar su respiración irregular a medida que se tranquilizaba. Acaricié su espalda y le susurré al oído. Mi cuerpo aullaba en dolor. No podía identificar qué me dolía más, solo sabía que el dolor parecía venir de todos lados. Mi labio inferior se había inflamado, parecía tres veces más grande que de costumbre. Podía sentir un sabor metálico, a sangre. No me había dado cuenta de que Sam me había partido el labio. Luchando por no llorar y asustar más a Anthony, le canté su canción de cuna favorita hasta que su respiración se normalizó y dejó de temblar.

Lo levanté lentamente para poder ver su rostro y le dije, con un tono de voz suave −Amor, necesito que me escuches. Necesito que seas un niño grande y que me traigas el teléfono, necesito llamar al tío Holden.

Le di un abrazo largo y fuerte, luego vi cómo se apresuraba hacia la sala. Unos segundos más tarde, regresó con el teléfono. Lo envié de vuelta a la sala para que siguiera viendo televisión mientras marcaba el número de Holden. Oré para que estuviera en casa, pero con Vicky en los Estados Unidos, era posible que no estuviera. Luego del quinto tono, estaba a punto de cortar, cuando por fin contestó.

−Holden −Fue lo único que pude decir antes de perder la poca compostura que tenía aún. Sollozaba y mi cuerpo temblaba, no podía calmarme lo suficiente como para enunciar una oración coherente.

Holden dijo que estaba en camino y me ordenó que no me moviera. Luego de que colgamos, me senté con un gran esfuerzo y me recosté contra la pared. Lloré silenciosamente. Lloré por los últimos cinco años de mi vida, por todo el amor que había sentido por Sam, por todas mis esperanzas y sueños. Lloré por todo lo que se había convertido en un infierno. Había luchado por Sam y por nuestro matrimonio por mucho tiempo, incluso luego de que Sam se rindiera. Pero ahora, ahora yo estaba cansada. Con o sin amenazas, tenía que tomar a mi bebé y largarme.

Saca todas las lágrimas ahora, porque nunca vas a llorar por ese hijo de puta otra vez, dijo una voz en mi cabeza.

Mis sollozos cedieron para cuando Holden entró por la puerta principal. —Hola, amiguito. ¿Dónde está tu mama? —Escuché a Holden preguntar. —¿Qué paso?

—Papi la lastimó.

—Estoy aquí —Llamé.

—Iré por tu mamá y luego los tres nos iremos. ¿Okey? —Dijo Holden. —Ve a ponerte tus zapatos, por favor.

Holden brincó por las escaleras, tomándolas dos a la vez. —Jesús —Susurró cuando me vio.

—Cuidado, tengo el brazo roto —Dije mientras se inclinaba hacia abajo para tomarme del brazo bueno.

Me levantó gentilmente. Mi brazo derecho colgaba inerte a mi lado.

—¿Ya estás lista? ¿Por cuánto tiempo más? —Demandó.

Me aferré a él antes de poder caerme. —No más.

—¿En serio? —Vi la esperanza florecer en sus ojos.

—Si. Necesito que me ayudes a empacar un par de cosas para el fin de semana.

—Al diablo con el fin de semana —Gruñó. —Necesitamos llevarte con un doctor.

Negué con la cabeza. Me arrepentí de hacerlo cuando un dolor punzante consumió mi cráneo. —Mi ropa primero —Dije. —No sé cuándo regresará Sam, y quiero haberme ido para cuando vuelva. Además, le prometí a Anthony que iríamos a pasar el fin de semana a la playa con Vicky y los niños.

—Rosie…

—Por favor, ayúdame a empacar todo —Interrumpí. A pesar de la agonía que me consumía, necesitaba algo a loque aferrarme. Me estaba aferrando a mis planes.

Sus labios se convirtieron en una línea. —Está bien.

Holden me besó en la frente. Me ayudó a incorporarme y subí el resto de las escaleras, hacia mi habitación. Holden me seguía de cerca mientras tomaba dos mudadas para mí y para Anthony.

—¿No deberíamos llevar más cosas? —Preguntó Holden mientras sostenía mi bolsa.

—Todo tiene que parecer normal —Lo que fuera que normal fuera. —No quiero darle a Sam una advertencia de lo que planeo hacer hasta que haya presentado el divorcio.

Anthony se había calmado con la presencia de Holden. Se había puesto los zapatos como le había pedido, aunque cada zapato estaba en el pie incorrecto. Le dejé una nota a Sam, diciéndole que estábamos con Vicky. Nos fuimos.

Una vez en el auto, los latidos erráticos de mi corazón se empezaron a calmar. No sabía lo que pasaría. Solo sabía que no regresaría con Sam.

—¿Anthony? —Holden preguntó, viéndolo por el retrovisor. —Necesito llevar a tu mamá con un doctor. Vicky y los niños están en casa de Papa Rae. Te llevaré con ellos. ¿Okey?

—Quiero quedarme con mi mami —Lloró.

Mi hijo había visto demasiado. No iba a obligarlo a quedarse con Vicky y hacer de esta experiencia algo peor para él. Fuimos a una unidad de urgencias donde podía confiar en que el personal médico no llamara a la prensa o a las autoridades.

Lo que temía que fuera un brazo roto terminó siendo un hombro dislocado. Por unos segundos de dolor insoportable, deseé que Sam lo hubiera roto. Pensé que me orinaría cuando el doctor presionó el hueso para dejarlo de vuelta en su lugar.

El doctor se apiadó de mí y me dio una inyección para el dolor. Junto con una receta para antinflamatorios y algo para el dolor. En cuanto salimos de emergencias, Holden se dirigió a la farmacia más cercana para comprar los medicamentos. El silencio de Holden y su postura rígida al conducir me decían que estaba nervioso.

—¿Qué sucede? Apenas has hablado —Le pregunté.

—Solo estoy pensando. ¿Podemos hablar cuando lleguemos a la casa de mis padres?

Me tensé. —Claro.

Puso su mano sobre mi muslo. Para cuando llegamos a la casa, Anthony se había calmado lo suficiente como para querer jugar. Holden lo llevó al patio, donde podíamos escuchar a los hijos de Vicky gritando y jugando. Luego me ayudó a acomodarme.

A pesar de la inyección que me dieron para el dolor, aún estaba agonizando. Al mismo tiempo, me sentía mareada, como si estuviera ebria por las medicinas. –¿Es algo malo? ¿Lo que quieres que discutamos?

Holden sacudió su cabeza. –En absoluto.

Me dolía el cuerpo entero. Holden me sostuvo del lado bueno y abrió la puerta para dejarme pasar. Louise, la mamá de Holden, y Vicky me vieron de arriba abajo desde donde estaban sentadas, en el sofá. Detuvieron su conversación de inmediato.

–¡Ese bastardo! –Espetó Vicky. –¿Tienes el brazo roto? ¿Dónde está Anthony?

–Está dislocado. Anthony está afuera con los tuyos –Holden me ayudó a sentarme en el sofá, al lado de Vicky.

–Esto se acabó. Presentaré mi divorcio el lunes –Dije.

–Gracias a Dios que entraste en razón –Vicky alzó sus manos al aire.

–¿Podrían darnos unos minutos? –Preguntó Holden.

–Claro que si –Dijo Louise.

–Tengo que ir a ver a los monstruos de todas formas –Vicky le dio una palmada al brazo de Holden mientras ella y Louise se iban.

Holden se sentó a mi lado. –Rosalie, lo que sea que necesites o quieras hacer, aquí estoy para ti. Siempre.

Me ahogué con un sollozo. —No sé qué voy a hacer. No tengo nada de dinero. La casa, mi auto, las tarjetas de crédito. Todo está a nombre de Sam. Estoy asustada. Siempre me ha dicho que me mataría si intento dejarlo. Además, se aseguraría de que no vuelva a ver a Anthony antes de matarme.

Holden hizo una mueca. —No puede quitarte a Anthony. No con el historial que tiene. No hay juez que estaría dispuesto a darle más que visitas supervisadas. Nunca va a tocarte de nuevo. No voy a dejar que lo haga. Nunca debí dejar que esto se alargara tanto.

Sacudí la cabeza. —No soy tu responsabilidad.

—Por supuesto que sí —Gritó, sorprendido por mi aseveración.

—Está loco —Dije. —Esto no se ha acabado. Tú y yo sabemos perfectamente bien eso. Nunca va a dejar que lo deje. Tal vez Anthony y yo deberíamos regresar a Indiana. Has estado salvándome desde que te conocí. No puedo seguir pidiendo más de ti.

—Nunca me pediste nada. Mujer, eres la persona más testaruda que he conocido en mi vida —Se levantó y alzó sus brazos. —Algunas veces pienso que tienes una venda en tus ojos —Empezó a caminar de un lado a otro.

—Holden…

Recorrió sus dedos a través de su cabello. —Rosalie, no he hecho nada porque me sienta responsable, o por lástima. Te he ayudado porque he querido. Lo he hecho porque te amo.

—Yo también te amo, Holden, pero…

—No hagas eso —Me interrumpió. —No restes importancia a lo que te digo. Estoy enamorado de ti, siempre lo he estado.

Mis ojos se inundaron de lágrimas. En el fondo, siempre había sabido que lo que teníamos Holden y yo era mucho más profundo que una simple amistad, pero saber algo y escucharlo decirlo por primera vez son cosas muy distintas.

Se puso de rodillas en frente de mí. —Una vez me dijiste que, cuando la persona indicada llegara a mi vida, lo sabría. Esa persona, la persona indicada, has sido tú, siempre. Solo he tenido que esperar a que te des cuenta.

—No sé qué decir.

Holden sacudió la cabeza. —No pienses de más. Se que lo que sientes tu por mí es más que amistad. El modo en que me miras, la forma en la que me besaste. No me dejes afuera, no ahora. Por favor.

Me mordí el labio. Mi mente se sentía como si estuviera bajo agua. El darme cuenta de que mi matrimonio se había acabado, de que en realidad lo iba a dejar, me estaba abrumando, sentía que me ahogaba.

—Por favor, Rosalie. Sé que sientes esto también —Holden susurró. —Sé que hay algo ahí. Ha estado ahí desde la noche en que te conocí. No soy él, no soy Sam.

—Lo sé. Nunca podrías ser él.

—Dime ahora, Rosalie. Sin mentiras y sin complicaciones. ¿Me amas?

Asentí. —Te he amado desde hace mucho tiempo. Pero te he arrastrado hacia este desastre y esta situación ni siquiera ha comenzado. Lo que viene a partir de este momento será mucho peor que cualquier cosa que haya pasado antes.

—Vamos a lidiar con eso, juntos. Lo único que necesito saber es que me amas.

Holden me besó, me tensé por el ardor en mis labios partidos, pero, a pesar de eso, lo besé de vuelta, gentilmente. No le di vueltas a lo que estaba haciendo, no cuestioné o me resistí a nada. Permití que se derramara sobre mí. Cuando Holden intentó apartarse, lo abracé con mi brazo, presionando su frente contra la mía.

–Está bien –Dijo, con la respiración entrecortada.

Empecé a llorar.

–Siempre te he amado –Dijo.

–¿Qué sucede ahora? Tengo que pensar en Anthony…

Holden presionó sus labios contra mi mejilla y me dio un beso. –Nos preocuparemos por eso cuando sea el momento. Un día a la vez.

Aunque eso sonaba reconfortante, tenía un presentimiento asqueroso carcomiéndome por dentro. Se avecinaba algo terrible, algo mucho peor.

Louise se acercó. –Lamento interrumpir, pero Sam está en el teléfono e insiste en hablar con Rosalie.

Podía inferir que Sam no estaba siendo amable o civilizado por la mirada en el rostro de la madre de Holden.

Holden se levantó. –Con gusto le hablaré.

Lo tomé del brazo. –No, es mejor que le hable yo. No quiero que sospeche hasta que haya tramitado los papeles de divorcio.

–En serio no creo que eso sea una buena idea – El pánico en la voz de Holden me dijo que lo preocupaba la idea de que lo perdonara luego de hablar con él.

Pero también sabía lo que Sam haría si no lograba hablarme. Con la ayuda de Holden, me tambaleé hacia la cocina y tomé el teléfono.

—Me tomó mucho tiempo dar contigo —Sam dijo, a manera de saludo.

—Sabías que iría con Vicky, tú mismo dijiste que estaba bien.

—Eso no significa que no tenga que saber dónde carajos estás.

—Bueno, ahora ya lo sabes —Dije.

—No te hagas la graciosa. ¿Holden está ahí?

—No, no lo he visto —Esperaba que el tono de mi voz no me traicionara.

—Seguro. Pensé que querrías saber que voy a aceptar el papel. Tengo que volar a Nueva York para unas audiciones. Voy a estar de vuelta el miércoles, o tal vez el jueves —Sam se quedó en silencio por un momento. —¿Qué tan mal está tu brazo?

—Dislocado, pero voy a sobrevivir.

—Mierda —Suspiró. —Lo siento, cariño. En realidad, no quise lastimarte. Es que me enfadas tanto a veces, presionas y presionas hasta que lo hago. Lo siento mucho.

—Yo también —Espeté.

—¿Qué carajos significa eso? —El tono de arrepentimiento de Sam se disipó tan rápido como apareció.

Mierda. Eso no era lo que planeaba. —Nada, solo significa que también lamento enfadarte hasta que las cosas terminan sucediendo como suceden.

Hice mi mayor esfuerzo para sonar sincera y no sarcástica. El silencio del otro lado de la línea me hizo cuestionar que tan bien dije mis líneas.

–Si, bueno… Espero que me llames y me digas dónde estás y cuándo estarás en casa.

–No te preocupes, te llamaré.

–Más te vale.

–Te dije que lo haré, Sam.

–Te amo –Dijo.

–Claro, adiós –Colgué y esperé que el final de nuestra conversación no lo haya molestado mucho.

La mayoría de las veces, Sam no se molestaba en decirme que me amaba, y menos aún en notar si yo le contestaba cuando lo hacía. Pero esta situación se sentía diferente. Simplemente tenía una sensación que no podía identificar o desechar de mi mente.

–Se irá a Nueva York el domingo y no regresará hasta el miércoles o jueves –Le dije a Holden y a Vicky. –Eso me dará suficiente tiempo para tramitar los papeles el lunes y recoger algunas cosas de la casa.

–¿Te vas a quedar aquí, o regresarás a Indiana? –Preguntó Vicky.

Solté una risa. –¿En realidad? No tengo ni idea de lo que estoy haciendo. Todo está a nombre de Sam. Pero Indiana es el último lugar al que quiero ir.

–¿Pero no volverás con él, cierto? –Me presionó.

Negué con la cabeza. –No, ya estoy harta. No puedo permitir que Anthony nos vea de esa manera otra vez.

–Ya decidiremos qué hacer. Nada te va a pasar, de ahora en adelante estarás a salvo –Me dijo Holden.

–Parece que estás muy adolorida, querida. ¿No te dieron algo para el dolor en la clínica? –Preguntó Louise.

Asentí. –Me dieron una inyección y un par de recetas.

–Puedes tomarte los antinflamatorios ahora y las medicinas para el dolor en un par de horas – Holden abrió el paquete que había acomodad sobre la cómoda, luego abrió el bote y me dio dos pastillas.

Había tenido suficientes fracturas y huesos rotos como para saber que no me gustaba como me hacían sentir estas medicinas, pero mi cuerpo entero lo pedía a gritos. Acepté el vaso de agua que me entregó Holden y tragué la dosis de Naproxen.

–Está bien, reunamos a los niños y empecemos el fin de semana –Todos me voltearon a ver, boquiabiertos. –¿Qué? No voy a permitir que Sam arruine esto también. Los niños esperan ir a la playa y yo también.

–Hagamos un trato –Dijo Holden. –Nos quedamos esta noche para que descanses. Mañana retomaremos nuestros planes y llevaremos a los niños a la playa.

Apenas tuve tiempo de abrir la boca para contestarle, cuando Holden me interrumpió.

–Estoy consciente de cómo funciona tu mente. El ir hoy a la playa es tu manera de decirle a Sam *púdrete, hijo de puta*. Pero no estás en condiciones de ir hoy. Quiero que descanses al menos veinticuatro horas y, luego, iremos a donde quieras.

–¿Y Anthony? –Pregunté.

–¿Qué pasa con él? –Vicky alzó una ceja. –Creo que podemos encargarnos de él mientras tu descansas.

—Nada de reproches —Holden dijo. —Iré a preparar la habitación de huéspedes y vas a quedarte ahí, descansando.

—Te ama. ¿Lo sabes, cierto? —Vicky me susurró mientras Holden salía de la habitación donde estábamos.

Lo sabía.

■■■

A la mañana siguiente, Holden y Vicky empacaron todo, reunieron a los niños y nos dirigimos a Santa Bárbara. Mi determinación de continuar con los planes que habíamos hecho con Vicky se tambaleó un poco con lo adolorida que estaba, a pesar de todas las medicinas que estaba tomando. Pero con solo mirar cómo mi hijo sonreía al ver a Holden cargando el auto con todo lo que llevábamos sentía más alivio del que sentiría con cualquier cantidad de analgésicos. El plan era disfrutar el fin de semana y preocuparme por Sam el lunes. Nos instalamos en el hotel y nos dirigimos a la playa.

No estaba segura de cómo explicarle a Anthony que dejaríamos a Sam, pero verlo tan feliz mientras jugaba con Holden y los demás niños me convenció de poner en pausa mi ansiedad por el divorcio y todas las cosas desagradables que, sin duda alguna, vendrían con él. Estaba determinada a disfrutar del fin de semana.

En gran medida, tuvimos la playa para nosotros. De vez en cuando alguien reconocía a Holden y se acercaba a nosotros, pero estar ahí era un descanso de Los Ángeles que necesitaba desesperadamente. Cuando finalmente tuvimos que regresar, estaba triste. De vuelta a la realidad.

■■

Luego de que terminó nuestro fin de semana, el lunes trajo consigo la realidad, azotándome por completo. Dejamos a Anthony con Vicky mientras Holden y yo fuimos a hablar con su abogado, quien me puso en contacto esa misma mañana con un abogado especializado en divorcios. Tuvimos una reunión de media hora con Daniel Morris. Escuchó mi historia y le conté todo sobre el infierno que había vivido hasta ahora. Para cuando terminé mi relato, me aseguró que la pesadilla había terminado. Para las diez y media de la mañana, ya había tramitado los papeles para mi divorcio y una orden de protección. Holden absorbió todos los gastos.

Llamé a Joey y le pedí que se reuniera conmigo y Holden para desayunar. Joey no tenía idea de lo que estaba sucediendo con mi matrimonio, a excepción del problema de Sam con las drogas. Siempre me había sentido demasiado avergonzada como para contarle. Entre el horario laboral de Joey y mi necesidad de esconder cualquier evidencia de abuso, me había aislado de todas las personas que no conocían el comportamiento real de Sam.

—¿Qué demonios te pasó? —Preguntó cuando llegó al restaurante.

Mordí mi labio para contener las lágrimas. Holden me abrazó. Le tomó a Joey un minuto entender la situación.

—Acaso… ¿Sam hizo esto? —Pregunto, cautelosamente.

Sin mirar hacia arriba, asentí.

–¡Voy a matar a ese hijo de puta! ¿Dónde está? –Miró a su alrededor para asegurarse de que nadie estaba escuchándonos, luego devolvió su atención a mí, alzando una ceja.

–Sam está en Nueva York –Susurré. –Tramité los papeles de divorcio esta mañana.

Joey me lanzó una mirada. –¿Es la primera vez que te lastima?

Desvié mi mirada, incapaz de sostenerla.

–¿Rosalie, es la primera vez?

Negué con la cabeza.

–¿Qué carajos? –Espetó. –¿Por qué no me dijiste nada? ¿Por qué no lo dejaste antes?

No podía contestarle, así que Holden le dio un resumen de cómo Sam se había vuelto más y más violento. Joey escuchó en silencio.

Finalmente, habló. –Desearía que me hubieras dicho. ¿Es por esto que me has estado evitando, cierto? Es decir, sabía que cuando te casaste y tuviste a Anthony las cosas no serían como antes. Y luego conocí a Paul y empezamos a salir. Le atribuí nuestro distanciamiento al nuevo ritmo de nuestras vidas. De haber sabido que me estabas evitando… –La voz de Joey se ensombreció hasta que se calló.

No podía verlo a los ojos.

Mientras desayunábamos, Holden le contó a Joey nuestro plan para recoger mis cosas de la casa de Sam y le preguntó si podía juntarse con nosotros en una bodega de Holden para ayudarnos a desempacar todas mis cosas. Por supuesto, accedió.

Llamé a mis padres para ponerlos al día, pero no les dije más de lo que era absolutamente necesario, pidiéndoles que si Sam llamaba preguntando por mí contestaran que no habíamos hablado. Tuve que decirle a mi mamá un millón de veces que estaba bien y que me negaba a contestar sus preguntas, pero estoy segura de que ya se imaginaba la realidad de las cosas. Luego, fuimos a casa de Sam. Luego de que Holden se asegurara de que no había nadie, me dejó entrar para recoger el resto de mis cosas.

La casa me dio la bienvenida con una vibra sombría, como si estuviera albergando toda la energía negativa que había llenado mi matrimonio. La luz en la contestadora parpadeaba, había veintiocho mensajes. Los escuché.

–Hola, solo me quiero asegurar de que hayas llegado a salvo a casa. Te amo –Sam dijo con su tono amoroso y dulce.

Holden soltó una risa sarcástica. –Como si le importara un carajo.

–Supongo que no has regresado aún. Intentaré más tarde –Dijo en el siguiente mensaje, claramente irritado.

Dejó varios mensajes similares, pero, finalmente, escuché el que esperaba escuchar tarde o temprano. –He llamado a todo el mundo y, supuestamente, nadie ha escuchado de ti. La única persona que no he podido contactar es Holden. Zorra estúpida. Te voy a encontrar y, cuando lo haga, te espera un mundo de dolor. ¿Quieres irte? De acuerdo. Prepara tu bolsa.

La máquina de mensajes se calló.

Temblé. Las cosas se pondrían feas.

Holden me abrazó. –No te va a lastimar. Asegúrate de llevarte la grabación de esos mensajes, son evidencia de sus amenazas.

Tomé aire y asentí. –Terminemos con esto.

Holden trajo unas cajas que tenía en su auto. Decidimos no usar los servicios de un camión de mudanza en caso de que alguien lo viera y decidiera llamar a Sam.

No sentí mayor cosa a medida que recorría cada habitación, tomando mis pertenencias. Esta sería la última vez que pisaría esta casa, pero no pude llorar. Planeaba tomar nuestra ropa y los juguetes favoritos de Anthony, pero a medida que recorría el interior de lo que era mi hogar, me di cuenta de que había cosas que no podía dejar atrás.

Fotos de Anthony, mis libros, regalos que había recibido de Holden y mis padres a lo largo de los años. No dejaría estas posesiones. Sam me había despojado de tanto estos últimos años, ni de chiste permitiría que se quedara con todo.

Unas horas más tarde, el auto de Holden estaba repleto de cosas. Aún había cajas que no logramos acomodar por falta de espacio.

–Llevaremos todo esto a la bodega y regresaremos por el resto –Dijo Holden.

–Ve, adelántate –Le contesté. –Joey está esperándote, yo terminaré aquí para mientras.

Holden frunció el ceño. –No me gusta la idea de dejarte aquí sola.

–Lo sé, pero hay más cosas de las que me tengo que encargar, necesito tiempo para hacerlo sola. Necesito procesar el hecho de que esta es la última vez que estaré en mi casa.

Me pregunté si sonaba tan rendida como me sentía.

Holden suspiró. –Okey, supongo. Prométeme que me llamarás si algo sale mal.

–Lo prometo.

Holden me dio un beso en la mejilla. −Volveré enseguida.

Cuando Holden finalmente se fue, lloré. Lo que estaba haciendo en realidad, era despedirme. Despedirme de la casa que tanto amaba, de la vida que había muerto hace tanto tiempo. Cuando me mudé a esta casa con Sam, estaba repleta de amor y sueños. Estas paredes albergaban nuestros secretos, los de mi vida y mi matrimonio. Los buenos y los malos.

Me reí entre sollozos, recordando los nervios que me tenían presa cuando me mudé. Los recuerdos de los viajes de compras que hicimos para dejar mi huella en la casa me inundaron. Había estado tan asustada de todo en ese entonces. Con el paso de los años había decorado tanto que nuestra casa no se parecía en lo absoluto a la casa que visité por primera vez hace cinco años.

Sam había hecho todo lo posible para asegurarse de que estuviéramos juntos. Me hizo sentir hermosa y digna de amor, pero me había arrebatado todo lo que me dio poco a poco con cada golpe.

Tomé mi chequera y mis tarjetas de crédito. Las dejé sobre la isla de la cocina, junto con las llaves de mi auto, de la casa y mi anillo.

No dejé una nota para Sam. No era necesario. Si Sam no se había dado cuenta ya de lo que estaba haciendo, lo haría cuando viera todas mis cosas en la isla. Hice una segunda ronda por la casa, asegurándome de no haber olvidado algo.

El teléfono empezó a sonar mientras bajaba las escaleras. El sonido agudo del auricular rebotaba por las paredes, pareciendo venir de todos lados. Estaba demasiado ocupara intentando recordar cómo respirar como para preocuparme de contestar la llamada. Sam estaba parado al fondo de las escaleras.

Capítulo Trece

—Cariño, llegué a casa —Cantó, sonriéndome fríamente.

—Se supone que deberías estar en Nueva York –Dije.

Sam soltó una carcajada. —Es una historia cómica, de hecho. Estaba en el aeropuerto, cuando vi esto.

Alzó en su mano una revista. La portaba nos mostraba a Holden y a mí, sentados en la arena de la playa en Santa Bárbara. Holden estaba inclinado hacia mí, acariciando mi rostro.

Mi corazón dio un vuelco.

Mierda. Dios mío.

—Es una foto hermosa, en serio —Sam dijo con un tono de voz sereno. —También hice un par de llamadas telefónicas, un poco de investigación. Solicitaste papeles de divorcio esta mañana.

Sam estaba justo en frente de la puerta. Sus ojos estaban irritados, una fina capa de sudor cubría su frente. Estaba drogado. A veces, si le seguía la corriente, podía diluir la tensión de la situación antes de que las cosas se salieran de control, pero dudaba poder hacerlo esta vez. Holden regresaría pronto. Tal vez si lograba mantener a Sam hablando, le daría a Holden suficiente tiempo para regresar.

Resistí la necesidad de dar un paso hacia atrás. El miedo siempre alimentaba la furia de Sam. –Sam…

—¡Cállate! ¿Cómo pudiste hacerme esto? He sido un buen esposo. Tienes lo mejor de todo. Arriesgué mi carrera para casarme contigo.

No arriesgaste ni mierda, quería decir.

–¿Hace cuánto tiempo de lo estas cogiendo? –Demandó.

–Nunca, nunca hemos…

–Maldición. No me mientas –Rugió.

–No es así, Sam. ¡Nunca ha pasado nada!

Subió las escaleras corriendo. Retrocedí varios pasos antes de que me alcanzara. Me abofeteó, mi cabeza se torció a un lado, salpicando sangre en la pared blanca del corredor. Caí sobre la alfombra, saboreando sangre.

–¿Dónde está mi hijo? –Demandó.

–En Indiana –Mentí.

Esta vez, me dio un puñetazo en la boca. Mi rostro explotó en dolor.

–Te conozco mejor que eso, cariño –Dijo. –¿Dónde está? No puedes esconderlo de mí. Incluso si lo llevaste a Indiana, eso es secuestro parental. ¿Dónde está?

–Con mi mamá.

Me volvió a pegar en la mejilla. Mi boca se llenó de sangre. Veía puntos negros cuando Sam me levantó y me arrojó por las escaleras. Aterricé encima de mi hombro, en la sala, donde me derrumbé sobre la pared. No podía respirar.

–Perra malagradecida. ¿Quieres el divorcio? ¿Quieres dejarme y llevarte a mi hijo? No lo creo. Ni siquiera tienes las agallas de decírmelo. Esperas a que me vaya para escabullirte a mis espaldas.

–Por esto. Esto es lo que quería evitar –Sollocé, a pesar del dolor.

–¡Nunca me amaste! –Sam gritó.

Iba a matarme. Esa certeza no había sido tan clara como en este momento. –¡Claro que sí! –Logré gritar. –Antes de las drogas, antes del abuso.

–Tu causaste esto –Se tambaleó por las escaleras. –Si hubieras escuchado, no habrías salido lastimada. Tú hiciste esto.

Sam estaba llorando. Tal vez era parte de su actuación, tal vez sus lágrimas eran reales. De cualquier modo, sus lágrimas no importaban. Ya no me afectaban. No me importaba cuánto lo sintiera porque, aún si no me mataba ahora, mientras me quedara con él, siempre habría una siguiente vez.

Sam se arrodilló sobre la alfombra en frente de mí. Me tomó por el cabello. –No puedes dejarme. Te lo dije desde el inicio, *lo prometiste.*

–¡Tenía dieciséis años! Sam, por favor, podemos…

–¿Por favor? –Rugió. –¿Por favor? Te llevas a mi hijo a mis espaldas, empacas tus cosas mientras no estoy, ¿y me dices *por favor*? ¿Qué tipo de persona eres? Eres la mala de la historia, no soy yo.

Me soltó y se irguió. Caminó de un lado a otro, como un gato. Retomando el aire, me logré poner de rodillas. Mi ojo izquierdo se estaba empezando a hinchar. Si lograra alcanzar la puerta, podría pedir ayuda.

Sam hablaba solo mientras caminaba de un lado a otro. –Lo prometió, ella lo prometió, lo prometió. Esto es su culpa. Lo que sea que pase, ella lo causó.

Aproveché su momento de distracción para dirigirme a gatas hacia adelante. Para cuando Sam se dio cuenta de lo que estaba haciendo, ya había llegado al sofá.

–¡No, no, no! –Gruñó. –¿A dónde crees que vas, Rosalie? No hemos terminado aquí.

Sam me alcanzó con dos zancadas y me pateó en las costillas. El aliento que había logrado recuperar salió expulsado de mis pulmones con el impacto, causando un dolor tan fuerte que me hacía creer que la habitación daba vueltas. Mis pulmones ardían, volvía a ver puntos negros danzando en el aire.

–Te he dicho una y otra vez, la única forma en la que me dejarás es en una bolsa para cuerpos y, como insistes en largarte, eso debe ser lo que quieres.

Caminó sobre mí y se dirigió hacia la cocina. Podía escuchar cómo abría y cerraba cajones, registrándolos. Resistí la necesidad de cerrar los ojos y dejarme perder la consciencia.

Con toda la fuerza que me quedaba, me arrodillé y gateé hacia la puerta principal. Sam le había puesto el seguro. Tendría que levantarme para alcanzar la cerradura. Gimiendo del dolor, me logré levantar del piso. Estaba por alcanzar la cerradura en la puerta cuando Sam volvió a aparecer a mi lado.

–¿A dónde vas, cariño? Apenas empezamos.

Mi ojo izquierdo se había cerrado por completo gracias a la inflamación. Apenas podía ver a Sam con el otro ojo. –Lo siento –Susurré.

De forma dramática, Sam puso su mano en su oreja. –Disculpa, no te escuché bien. ¿Dices que lo sientes? *¿Ahora* lo sientes?

En ese momento, vi el cuchillo. Si no se me ocurría algo rápido, no saldría de esta casa con vida. –Sam, por favor, no hagas esto. Incluso si ya no me amas, piensa en Anthony y lo que esto le hará.

Sam rio. —¿No entiendes? Nunca has entendido. Te amo más que a cualquier cosa. Eres la única persona que he amado. Eres *mía*.

Mi cabeza daba vueltas. —Entonces arreglemos las cosas —Era lo único que se me ocurría. Mientras lograr mantenerme con vida, diría cualquier cosa.

Sam sacudió la cabeza. —No, es demasiado tarde —Me tomó por la blusa y tiró de mí. —Estás contaminada ahora. Puedo oles a Holden en ti —Sam me empujó contra la pared. Me besó el cuello, luego el rostro. —Desearía poder estar adentro de ti una vez más —Susurró.

—Hazlo —Balbuceé. —Vamos Sam, una última vez.

Me besó los labios, firmemente. Usó el cuchillo para cortar mi blusa y abrirla. Jadeé y Sam lo tomó como motivación. Presionó el cuchillo contra la piel sensible de mi cuello y, con su mano libre, desabrochó mi sostén.

La puerta de un auto sonó afuera, seguida por los pasos de Holden, gritando mi nombre. Llamó a la puerta fuertemente.

—¡Llama al 911! —Grité con todas mis fuerzas.

—¡Maldita perra! —Sam alzó el cuchillo, haciendo un arco en el aire. En el proceso, el cuchillo perforó mi piel desde el hombro hasta debajo del codo. Grité. Mi blusa estaba empapada de sangre al igual que el piso, cubierto del camino carmesí que dejaba mientras retrocedía.

Sam se tambaleó hacia mí. Le di una patada en la entrepierna con toda la fuerza que pude. Se hundió al piso, gimiendo de dolor. Me lancé hacia la cocina, pensando que, si podía salir por la puerta del patio, podría llegar a Holden.

Le quité el seguro a la puerta y la deslicé, pero no pasó nada. Volví a tirar de la puerta, pero no se movió un centímetro. Envuelta en la locura del momento, había olvidado que no había quitado el tubo que usábamos para evitar que Anthony abriera la puerta.

Holden debió haber pensado en la puerta del patio al mismo tiempo, porque lo vi aparecer del otro lado del cristal segundos después. Intentó abrir la puerta.

—¡La puerta está atorada! —Grité a través del cristal.

—¡Vas a pagar por esto, perra desgraciada! —Sam rugió desde la sala. No sabía si se había incorporado ya.

Buscando algo alrededor de forma desesperada, Holden tomó una silla de hierro del patio. —¡Retrocede! —Gritó.

Holden lanzó la silla. El cristal explotó al mismo tiempo que Sam me tomó del cabello y tiró de mí. Sentí el hierro frío de su cuchillo contra mi cuello nuevamente.

Holden soltó la silla y alzó las manos. —Sam, no la lastimes más, por favor.

Sam soltó una carcajada. —Vaya, el príncipe encantador viene al rescate.

Con las manos aún alzadas, Holden atravesó el cristal y entró a la cocina. —Por favor, suéltala —Dijo.

—¿Sabes que eres un bastardo, Holden? Robarle la familia a un hombre que es prácticamente tu hermano. ¡Eres mi maldito mejor amigo!

—Lo siento. Mira, el problema es entre tú y yo. Suelta a Rosalie. Esto es asunto nuestro.

—No, no se salvará así de fácil —Sam se tambaleó.

—Esto no es su culpa, Sam —Holden dijo con un tono de voz calmado. —Yo la convencí de todo, si alguien es culpable aquí, soy yo.

—Holden, no hagas esto —Tragué saliva, sintiendo el filo del cuchillo.

—¡Cállate! —Sam me sacudió. —¿La amas? —Tomó el cuchillo y lo deslizó por todo mi rostro, empezando justo debajo de mi ojo derecho. —Veamos si sigues amando a esta puta ahora —Me empujó hacia Holden.

Holden me tomó en sus brazos. Sam se escabulló y salió a través del cristal roto. Lo último que recuerdo es a Holden abrazándome y diciéndome cuánto lo sentía.

■■■

Me desperté en la cama de un hospital, conectada a varias máquinas y sintiéndome muy adolorida. Holden dormía en una silla al lado de mi cama. Mi ojo izquierdo estaba completamente cerrado por la inflamación. Gemí, despertando a Holden.

—Estás despierta —Balbuceó, aún medio dormido, sonriéndome mientras se incorporaba.

Me ardía la garganta. —¿Qué pasó? ¿Dónde está? —Estiré el cuello, esperando encontrar a Sam, listo para terminar el trabajo.

Holden tomó mi mano y la apretó. Acarició mi frente gentilmente. —Está bien, Rosalie. Sam está en la cárcel y la corte te ha otorgado una orden de protección de emergencia. No va a salir pronto.

Asentí, pero incluso ese pequeño movimiento me dejó mareada. Sentí un dolor tan fuerte en la cabeza que tuve que cerrar mi ojo bueno un momento. Cuando lo abrí le pedí a Holden agua. Me la trajo de inmediato.

Bebí ambiciosamente, luego le devolví el vaso y colapsé encima de la almohada de mi cama. –¿Qué tan mal estoy?

Holden me explico la extensión de mis heridas. Tres costillas rotas. Dos ojos negros, uno completamente cerrado por la inflamación. Treinta y tres puntos para cerrar el corte en mi brazo izquierdo y veintisiete más en mi rostro.

–Quiero ver –Le dije.

Holden negó con la cabeza. –No, amor, no quieres.

–Si, si quiero. ¿Dónde está mi bolso?

Holden se precipitó. –Vicky lo trajo, espérame un momento.

–Hay un espejo en algún lugar –Le dije.

Silenciosamente, Holden buscó adentro de mi bolso y encontró el espejo. Abriéndolo, estiró el brazo para dármelo. Mi cara era tres veces más grande de lo habitual, un corte limpio iba desde arriba de mi cien, a la orilla de mi ojo y hasta mi barbilla. El corte era de un color rojo, vivo y furioso. Lloré en silencio. Esta línea en mi rostro iba a convertirse en un cruel recordatorio de lo que había vivido.

–No llores, amor –Holden dijo con un tono de voz suave. –Todo va a estar bien, vamos a superar esto –Besó mi mano.

–¿Por qué querrías quedarte a mi lado? ¡Mírame! Se aseguró de arruinarme por completo…

–Para –Dijo, firmemente. –No arruinó absolutamente nada. Eres hermosa y siempre lo vas a ser. Te amo y he esperado tantos años por ti, así que te puedo asegurar que no me voy a ir a ningún lado ahora. No te vas a librar de mí.

Intenté dedicarle una sonrisa, pero fracasé. Mi cara se sentía adormecida y tres veces más grande de lo que era. –¿Quién cuida de Anthony?

Holden sonrió. –Está en casa de mis padres… Con tu mamá.

–Mierda –Balbuceé.

–Está más que furiosa. Principalmente conmigo, por no decirle qué estaba pasando. Me dijo que la llamara en cuanto te despertaras.

–No la llames aún –Le pedí. –No estoy lista para lidiar con ella.

Holden sostuvo mi mano a medida que relataba todo lo que había pasado. Había llamado al 911 en cuanto Sam se fue y le dijo a la policía todo. Encontraron a Sam afuera del vecindario y lo detuvieron.

Estaba sumamente drogado. Encontraron varias drogas en su auto y el cuchillo que había usado. Tanto Sam, como el cuchillo, estaban cubiertos con mi sangre. Sam aseguró que no recordaba lo que había pasado y que nunca había pisado nuestra casa.

Los oficiales le habían explicado a Holden que Sam había visto la revista en el aeropuerto y decidió cancelar su viaje a Nueva York. Había rentado un auto, lo había parqueado a media cuadra de nuestra casa y se sentó a esperar.

Cómo se entero acerca de los papeles del divorcio, no sabemos. Lo único que se nos ocurrió es que nos debió haber seguido desde la casa de los padres de Holden a la oficina del abogado y al resto de lugares a los que fuimos ese día.

Estaba tan aturdida por la enormidad de los eventos de los últimos días, que debí haberme quedado dormida en cuanto Holden terminó la historia. La voz de mi mamá me despertó de nuevo.

–Pensé haberte dicho que me llamaras en cuanto se despertara.

–Le dije que no lo hiciera –Me acomodé en la cama, cambiando de lado para poder verla mejor. Estaba parada en el umbral de la puerta, con las manos apoyadas en sus caderas.

Señaló a Holden con un dedo. –Aún estás en mi lista negra –Atravesó la habitación, tomó una silla y se sentó a sermonearme. –¿Por qué demonios no me dijiste nada?

–No había caso en decirte. Hice mi cama, tuve que recostarme en ella.

–Claro que había caso en decirme. Soy tu madre. Mi trabajo es protegerte. Más le vale a ese hijo de puta estar agradecido por estar en la cárcel y no en frente de mí. Todo estará bien cuando tú y el bebé regresen a Indiana.

La miré a ella y luego a Holden. –No voy… No sé qué voy a hacer aún.

–Vas a volver a Indiana –Dijo, con un tono de voz tan final que no dejaba espacio para dudas. –No hay nada que te mantenga aquí.

–Detente, por favor. No sé qué voy a hacer aún. Además, mi vida está aquí. ¿Tenemos que decidir esto ahora?

–No, no tenemos que decidir nada –Dijo Holden, saltando a la conversasión.

–¿Por qué sigues aquí? –Preguntó, dirigiéndose a Holden.

–Sigo aquí, Janet, porque amo a tu hija. Siempre la he amado y no voy a apartarme de su lado.

–¿Ah, en serio? –Soltó una carcajada. –¿Cuándo, exactamente, fue que decidiste que la amabas? ¿Cuándo Sam estaba a punto de matarla y no hiciste nada?

–¡Suficiente! –Grité, empezando a sentir una jaqueca terrible. –No hagas eso, mamá. Esto no es su culpa, la culpa es mía y solo mía.

–Mira, Jan, entiendo que estés molesta, tienes todo el derecho a estarlo. Pero yo no soy el enemigo aquí –Dijo Holden. –Rosalie ha pasado por mucho estos últimos años y aún le queda mucho por delante. Por el momento, lo que haremos es tomar un día a la vez.

–¿Cuándo estará en la corte? –Pregunté.

–A las once en punto. En menos de ocho horas –Dijo Holden, revisando su reloj.

–Tengo que estar ahí –Dije.

–Amor, no tienes que ir a ningún lado. El abogado va a encargarse de todo. Además, no creo que te vayan a dar de alta pronto. –Me dijo Holden, usando su tono de voz dulce.

–No me importa. Firmaré un documento, lo que sea. Estoy saliendo del hospital en contra del consejo médico. Ese juez tiene que ver lo que Sam me hizo. Ya se ha salido con la suya demasiadas veces.

–Rosalie… –Holden intentó convencerme.

–Cállate –Dijo mi mamá.

Presioné el botón para llamar a una enfermera. Discutí con las enfermeras y doctores que me estaban atendiendo por veinte minutos. Todo el mundo entendió que no cambiaría de opinión cuando tomé la aguja con la que me canalizaron y la arranqué de mi brazo. Una hora y media más tarde, estaba sumamente medicada con medicina para el dolor, pero con los papeles del alta en las manos.

Nadie estaba feliz con mi decisión. No me importaba. Cuando Holden me ayudó a entrar a la sala de sus padres, Anthony lloró al verme, negándose a acercarse a mí. Con la ayuda de Vicky y mi mamá, me vestí para ir a la audiencia con el corazón roto.

La prensa estaba en todos lados. Holden me envolvió con su brazo y me ayudó a llegar al salón, mi mamá nos seguía de cerca.

—¡Malditos buitres! —Gritó Holden, dirigiéndose a todos los camarógrafos y reporteros que nos acosaban.

Con mi mamá a un lado y Holden al otro, caminé lentamente hasta el frente del salón de la corte. Mi abogado, Daniel Morris, estaba esperando en su lugar, en la mesa de la derecha. Alzó la vista del documento que estaba leyendo y tuvo que volver a verme, tomado por sorpresa. Prácticamente aventó el documento que leía y se levantó para reunirse con nosotros.

—Santo Dios, Rosalie. Holden me dijo que la situación era grave, pero… Santo Dios —Dijo.

Le hice ojos con mi ojo bueno. —Vaya, muchas gracias por el cumplido.

Su rostro se puso pálido. —Quise decir que deberías estar descansando. Tengo todo bajo control, no es necesario que estés aquí.

—Si, si lo es —Dije firmemente.

—Estoy contigo, no me iré a ningún lado —Holden apretó mi mano, luego se sentó junto a mi mamá en la fila de atrás mientras yo me acomodaba al lado de Daniel.

Cuando Sam ingresó al salón, vi que estaba encadenado. Aún estaba drogado, pero podía notar que el efecto de lo que sea que se había metido estaba desvaneciéndose. Me levanté, con gran esfuerzo, cuando el juez ingresó y se sentó. Todo el mundo se sentó nuevamente, Sam intentaba verme desde el otro lado de la corte. Podía verlo con la vista periférica, pero me esforcé por ignorarlo.

—Rosalie, lo siento tanto —Su voz me llamaba.

Un temblor me escaló por la espalda. El movimiento involuntario de mi cuerpo trajo consigo una ola de dolor.

El juez sonó su mazo, dando inicio a la audiencia. —Sen1or Urban, no tiene permitido hablarle a la señora —Los ojos del juez encontraron los míos. —Sen1ora Urban, estaba bajo la impresión de que estaba hospitalizada debido a la severidad de sus lesiones. Y a juzgar por su apariencia, ahí es donde debería estar. No es necesario que asista a esta audiencia —La lástima que se reflejaba en sus ojos era más de lo que podía soportar.

Lentamente, me levanté de mi silla. —Su señoría, tengo que estar aquí. He vivido esta pesadilla durante cinco años, Sam tiene que ver lo que ha hecho. Tiene que ver en lo que su adicción lo ha convertido.

—Rosalie, por favor, conseguiré ayuda —Sam rogó.

—Una palabra más y dictaré la sentencia sin audiencia, señor Urban —El juez gruñó.

Se enfocó nuevamente en mí. Tuve que luchar contra la necesidad de escabullirme de su mirada y ni siquiera había hecho nada malo. El juez era chapado a la antigua y no estaba perdiendo su tiempo.

Finalmente, asintió. –Aplaudo su valentía por estar aquí el día de hoy, señora Urban. Si siente la necesidad de retirarse en cualquier momento, dígale al señor Morris que me lo haga saber y podrá irse. Ahora, discutamos los cargos del acusado.

Los cargos eran muchos: Abuso doméstico, asalto con un arma mortal, asalto con intención de lastimar la integridad del cuerpo de otra persona, conducir bajo la influencia de sustancias, posesión de cocaína y posesión de metanfetaminas.

–¿Cómo se declara, señor Urban? –Preguntó el juez.

–Mi cliente se rehúsa a declarar culpabilidad, señoría –Contestó el abogado de Sam.

El juez se apoyó sobre el podio y apoyó su rostro en sus manos. Todas las personas que estaban de mi lado sostenían la respiración.

–Señor Urban. ¿Entiende que no declarar culpabilidad se considera lo mismo que una admisión de culpa y que la corte lo encontrará culpable de todos los cargos imputados? –Preguntó el juez.

–Si, seños –Sam me vio con ojos llenos de odio.

–Señor Urban, no dirija su mirada a la señora. Ni siquiera respire en su dirección –Le advirtió el juez, desde su lugar. –No le volveré a advertir. Una mirada más, una palabra más y agregaré intimidación a los cargos.

Podía sentir el odio emanando de Sam en oleadas. Por mucho que intentara no hacerlo, no podía evitar verlo cada cierto tiempo.

—Está bien. ¿Está tomando la decisión de no declarar culpabilidad de manera libre y voluntaria? ¿Libre de cualquier coerción? —Continuó el juez.

—Si, señoría —Contestó Sam.

—Se dictará la sentencia dentro de dos semanas. Permanecerá en la cárcel del Condado de Los Ángeles hasta entonces. Le otorgaré a la señora Urban una orden de protección para el resto de la vida. Le queda *terminantemente* prohibido tener cualquier tipo de contacto con ella. ¿Entiende lo que le estoy diciendo, señor Urban?

—Si, señor.

—Eso significa nada de llamadas telefónicas, nada de cartas o interacciones de cualquier tipo, en cualquier formato o circunstancia.

Sam asintió.

—Se levanta la sesión —Terminó el juicio con el sonido fuerte del mazo del juez.

Holden se apresuró a mi lado y me abrazó cuidadosamente. —Ya terminó, amor. Eres libre.

No estaba segura de eso aún, pero estaba cerca. Aún teníamos que presentarnos ante un juez para oficializar nuestro divorcio. Esta audiencia era por la golpiza y el corte en mi rostro. Para entonces, lo único que me interesaba era tomarme un analgésico y tomar una siesta. Todo lo demás podía esperar.

Capítulo Catorce

El camino de la recuperación fue largo. Anthony no tenía ningún entendimiento de lo que había sucedido. Lo único que sabía y entendía es que papi había lastimado a mami, así que papi se tuvo que ir y ahora mami parecía un monstruo.

No podía hablar de lo que había sucedido, mucho menos escuchar el nombre de su papá. Si alguien mencionaba a Sam, Anthony se tapaba las orejas con sus dedos y empezaba a llorar. Me sentía como la peor mamá del mundo. Nunca fue mi intención que Anthony odiara a su papá.

Un par de noches luego de que regresé del hospital, Anthony empezó a tener ataques de pánico en las noches. Las lágrimas y alaridos de mi hijo me rompían el corazón, pero sabía que el que sufría ahora era él.

No me interesaba regresar a mi casa o a Indiana, así que nos mudamos con Holden, donde Anthony y yo nos sentíamos a salvo. Anthony empezamos a ir a terapia y, con el paso del tiempo, los ataques de pánico terminaron.

Sam había sido sentenciado a quince años en prisión. Nuestro divorcio se formalizó sin problemas. No luché por absolutamente nada. No había ningún acuerdo prenupcial, por lo que tenía derecho a la mitad de todo, pero no quería recordatorio alguno de mi vida con Sam. Entré a mi matrimonio con las manos vacías, saldría de la misma manera.

Unas semanas luego de que Sam fue a prisión, empezaron a llegar las cartas. Su correo era monitoreado, pero estaba consiguiendo que alguien más las mandara por él.

Cuando las cartas no obtuvieron respuesta o reacción alguna, encontró una manera de llamarme. Algunas veces lloraba y rogaba perdón, otras veces no hacía más que amenazarme. Eventualmente, cambiamos nuestro número y las llamadas se detuvieron.

Los primeros meses luego de mi separación fueron los más turbulentos. Holden se tomó un tiempo en el trabajo para acompañarme en el proceso. Pasamos un par de meses juntos como pareja antes de que tuviéramos sexo; Holden no me apresuró en ningún momento, ni siquiera se quejó.

La primera vez que hicimos el amor no fue planificada. Habíamos tenido una semana muy larga. Anthony estaba en la casa de los papás de Holden y estábamos solos durante el fin de semana.

Luego de un día entero de limpieza y orden, nos acostamos en la cama juntos y vimos una película. Holden fue la cuchara grande, me tenía envuelta en sus brazos. Acostados uno al lado del otro, me dio un beso en el cuello y movió su brazo hacia un lado, rozando levemente uno de mis pezones. Llevaba puesto unos *shorts* y una camiseta sin sostén, así que la fricción, tomándome por sorpresa, lo endureció de inmediato.

—Lo siento —Holden susurró en mi oído, su voz se escuchaba tensa y algo agitada.

Se había aguantado por meses.

Años, en realidad.

Un cosquilleo recorrió mi cuerpo entero a medida que una sensación de calidez deliciosa se concentró entre mis piernas. Quería que Holden me tocara por todos lados. Quería sentirlo adentro de mí. Esta tensión se había ido construyendo entre nosotros por años… Ya era hora.

—No te disculpes —Apenas podía hacer el volumen de mi voz se escuchara por encima de un susurro. En lugar de hablar, me di la vuelta para que estuviéramos de frente. Holden tensó la mandíbula. Había sido tan bueno y paciente. No podía seguir negándole esto.

De la forma más gentil, le di un beso. Un pequeño gemido se escapó de entre sus labios. Levanté mi blusa por encima de mis hombros y me la quité, rompiendo el beso únicamente para aventar la blusa al suelo.

Holden me dio varios besos, desde mi cuello hasta el pecho. Se detuvo antes de llegar a mi pezón endurecido. En ese momento, me inundó una ola de placer y deseo. Había olvidado lo bien que se podía llegar a sentir el sexo. La lengua de Holden fue tan gentil sobre mi piel que, en cuestión de minutos, estaba al borde de mi orgasmo, sin siquiera haberlo sentido adentro de mí aún.

Gemí y gemí. —Holden, por favor…

No tuve que pedirle más de una vez. Se movió y se acomodó en medio de mis piernas, introduciéndose lentamente. Me azotó un intenso orgasmo cuando empezó a moverse adentro de mí.

Lo envolví con mis brazos y piernas, acercándolo a mí, sincronizando nuestros movimientos. Me perdí en su ritmo, en la manera en la que su piel se sentía tan cálida y mojada contra la mía. Holden gemía de placer cada vez que entraba en mí.

Pensé que ya no acabaría más cuando un último orgasmo me dejó con las piernas temblándome, apoderándose de Holden al mismo tiempo. Se acercó más a mí, entrando lo más que pudo, gimiendo mi nombre una y otra vez.

Una sonrisa adormecida se dibujó en su rostro mientras acariciaba mi mejilla. Parecía que le daba miedo alejarse de mí y romper la magia del momento. Finalmente, salió de entre mis piernas y se acurrucó a mi lado. Me quedé con mi cabeza recostada sobre su pecho mientras me envolvía en sus brazos. Jugó con mi cabello hasta que los dos nos quedamos dormidos.

Holden había estado a mi lado por seis años. Lo conocía como conocía mi libro favorito, pero los seis años con Sam habían dejado su marca en mi psique.

Casi seis meses luego de que nuestra vida sin Sam empezó, Anthony empezó a florecer y a convertirse en un niño sumamente sociable. El niño tenso y asustadizo que había sido se había ido por completo. Esto era algo positivo y negativo al mismo tiempo. Me encantaba que fuera un niño pequeño tanto como pudiera. Mi propia niñez había estado repleta de peleas, alcohol y un caos constante, no había podido ser una niña.

El lado negativo es que Anthony nunca conocía a un extraño. Le hablaba a cualquier persona que viera y eso me aterraba. La posibilidad de que Sam pudiera ponerse en contacto con Anthony a través de alguien era un miedo que sabía que duraría el resto de la vida. De no haber tenido a Holden a nuestro lado, no estoy segura de que ninguno de los dos hubiéramos podido lidiar tan bien con la situación.

Los padres de Sam vendieron la casa por él y ni una sola vez pidieron ver a Anthony, o preguntaron cómo estaba. Según ellos, yo había sido la bruja que había metido a Sam a la cárcel. Desde la perspectiva de ellos, de haber sido una buena esposa, nada de esto hubiera pasado.

A la mierda con ellos.

El abuso habría sucedido sin importar lo que hiciera o dejara de hacer, porque Sam era ese tipo de persona. De todo lo que sucedió, lo que más me molesta es el hecho de que yo misma permití que el abuso continuara. Se había convertido en la norma, así que simplemente aceptaba que la violencia de Sam era algo normal. Hasta ese día, en las escaleras, nunca me di cuenta de lo que ese ciclo le estaba haciendo a mi hijo. Me convencía de que la situación estaba bien porque Anthony rara vez veía algo extraño. Tal vez escuchaba cosas detrás de las puertas, pero casi nunca presenciaba la violencia de su papá o los argumentos que escalaban.

Imagino que lo que escuchaba era mucho peor dentro de su cabecita que lo que habría visto, pero no me di cuenta de eso. Le había fallado a mi hijo, así de sencillo.

¿Cómo se suponía que Anthony aprendiera que lastimar a las personas no estaba bien, si escuchaba a su padre gritar y pegar mientras su madre lloraba? ¿Cómo se suponía que iba a aprender lo que era un matrimonio amoroso y saludable cuando sus padres eran cualquier cosa, menos eso? Le había fallado a mi hijo en cada aspecto posible. No volvería a permitir que algo así volviera a suceder.

Me convertí en activista. Me uní al Consejo de Abuso Doméstico local y me convertí en vocera. Las mujeres que conocí en el grupo me inspiraban. Algunas tenían historias mucho peores que la mía. Me daba miedo hablar al principio, cuando empecé a asistir a las sesiones. La mayoría de las mujeres pertenecían a la clase media. Sentía que, como Sam tenía dinero y porque gozaba de una manutención, no merecía estar con ellas. Solo asistía para complacer a mi doctor y a Holden, pero lo que comenzó como una obligación, pronto se convirtió en una experiencia de comunidad como ninguna. Luego de varias sesiones en las que me quedaba sentada, escuchando, mi "patrocinadora" me habló luego de que todo el mundo se fue.

—No hablar no te ayuda en nada, Rosalie —Me dijo.

Me encogí de hombros. —Mira, te aprecio a ti y a todo el consejo. La mayoría de las personas ya saben mi historia por los chismes y las revistas. Solo estoy aquí para complacer a mi doctor. No creo pertenecer aquí, de todos modos.

—Tu esposo te lastimaba. ¿Cierto?

Me sonrojé y miré hacia otro lado.

—Perteneces a este consejo tanto como las demás mujeres.

—Yo pude tomar mis cosas e irme. La mayoría de estas mujeres se tuvieron que ir durante la noche con la ropa que llevaban puesta nada más, nada de dinero —Dije. —Sally pasó dos años sufriendo del abuso de su esposo mientras ahorraba los vueltos de las compras para poder irse. Yo tengo el dinero y los medios para cuidarme sola, para protegerme. No me siento merecedora de formar parte de este grupo de mujeres. Ellas han sacrificado mucho más que yo.

Mi patrocinadora, Darcy, me lanzó una mirada. –Rosalie, la violencia doméstica no es un problema económico, no es un tema racial y no es un tema religioso. La violencia doméstica es un problema latente en todos los contextos. Es algo que puede suceder en los hogares más adinerados o espirituales.

A lo largo de las semanas siguientes, empecé a entender mejor lo que me sucedió a mí y cómo la violencia doméstica afectaba a muchas personas. Mientras escuchaba las historias de las otras mujeres del grupo, yo empecé a abrirme con la mía.

Mi amor por Sam había sido juvenil, construido sobre ilusión y lujuria. Si lo amaba, o al menos, lo amaba tanto como una niña de dieciséis años puede amar a alguien. Aún creía que Sam me amó, también. Eventualmente, llegué a entender que Sam dependía de mí y de las drogas en igual medida. Su personalidad tan predispuesta a la adicción no le permitía vivir de otra manera.

Había dos o tres mujeres que resentían el hecho de que yo había tenido la oportunidad de simplemente tomar mis cosas e irme, que no había luchado tanto como ellas. Pero, a medida que iba contando mi historia, dejaron de verme como el enemigo y empezaron a verme como una superviviente.

En poco tiempo, me convertí en vocera sobre al abuso que sufrían las mujeres en Hollywood. Hablaba recio y a Hollywood no le gustaba. Luché al lado de mujeres de todos los trasfondos para conseguir mejores leyes, mejores recursos y una mejor comunidad para darles una red de apoyo sólida. Holden me apoyó en todo momento y mi hijo presenció, finalmente, lo que una relación saludable y amorosa era en realidad.

■■

Dos semanas luego de mi divorcio, los padres de Anthony lo llevaron a acampar y pescar durante el fin de semana, así que Holden y yo planificamos una velada romántica.

Íbamos a cenar, así que estaba arreglándome en la segunda planta, lo cual tomaba mucho más tiempo gracias a mi cicatriz. Para 1998, la cirugía plástica había avanzado mucho, pero incluso con todas las cirugías del mundo, mi cicatriz habría sido visible, así que decidí no someterme a molestias innecesarias.

–Mujer, nos vas a hacer perder nuestra reservación. Te ves hermosa. No necesitas ponerte tanto producto en el rostro –Holden gritó desde abajo.

–Está bien, ya voy –Le contesté.

Salí de nuestra habitación para encontrarme con una escena bastante romántica. La iluminación era tenue, había pétalos de rosa esparcidos en el suelo, haciendo un camino desde la cima de las escaleras hasta el comedor. A medio descender, nuestra canción, *"All For Love"*, empezó a sonar. Era el tema de la versión de 1993 de *Los Tres Mosqueteros*, la mejor versión que había visto, sin lugar a duda.

Incapaz de contener una risita nerviosa, apenas mantuve la compostura cuando Holden apareció al fondo de las escalares, disfrazado de Athos, con todo y espada.

–¿Qué estás haciendo? –Sacudí la cabeza, sonriendo como una idiota.

Holden hizo una reverencia. —Mi señora —Me extendió una mano.

Cuando puse mi mano sobre la de él, me besó los dedos, luego danzó gentilmente conmigo, recorriendo el comedor y la sala. Acomodé mi cabeza contra su pecho y me perdí en el momento, mientras Holden tarareaba la canción.

—Te amo —Dijo.

Siempre lo decía con una pasión y con una fuerza en su tono de voz.

—Yo también te amo —Incluso luego de todos estos años, con una mirada o frase tan simple, Holden podía hacerme sentir como si mi pecho fuera a explotar. Había ocasiones en las que no podía creer cuánto amaba a Holden.

—Esta canción siempre ha sido perfecta para nosotros. Ocho años. Por ocho años has estado en mi vida. Creo que he sido tu hombre de buena fe. ¿Cierto? —Me preguntó.

—Eso y mucho más —Susurré.

—Ocho años. Desde el momento en el que entraste a mi vida, nunca he sido capaz de imaginarme sin ti. Me enamoré de esa niña asustada e inocente, y he encontrado mi hogar en la mujer en la que te has convertido. He esperado ocho largos años para este momento.

Holden dejó de bailar, se separó de mí y se arrodilló ante mí, tomando un anillo que tenía en un bolsillo. Vi la esmeralda con corte cuadrado, incrustada en oro blanco.

—Rosalie… ¿Te casarías conmigo? —Susurró.

—Si, Holden. ¡Si, me casaré contigo!

Con los ojos llenos de lágrimas, dejé que acomodara el anillo en mi dedo. Cuando se levantó, lancé mis brazos alrededor de su cuello y nos sostuvimos hasta que la canción acabó.

Eventualmente, subimos de nuevo, incapaces de mantener nuestras manos lejos del otro. Luego, mientras descansábamos en la cama, Holden se acomodó sobre su codo y acarició mi mejilla con su dedo.

—No puedo creer que dijiste que sí.

Alcé una ceja. —¿En serio dudabas tanto de cuál sería mi respuesta?

Se encogió de hombros. —Un poco.

—Te amo, Holden. Me enseñaste qué es ser amada en realidad.

—Te esperé durante tanto tiempo. La espera valió la pena.

Lo besé y nos abrazamos, quedándonos dormidos mientras planeábamos un futuro juntos.

Invitamos a los papás de Holden a almorzar cuando regresaron y les anunciamos las noticias.

—Santo Dios, ya era hora —Dijo Sydney, el papá de Holden. —¿Escuchaste eso Anthony? Holden será tu papi ahora.

Anthony soltó una carcajada. —¡Ya es mi papi!

—Tienes razón, ya lo es —Dijo Sydney, sonriéndole a su hijo.

Esta vez, mi mamá estaba encantada con la noticia de mi compromiso. Acordamos que no queríamos una boda estilo LA y cero medios. Nos casaríamos en Indiana.

∎ ∎

El primero de septiembre de 1998, Anthony me entregó a Holden. Nuestra ceremonia fue pequeña e íntima. Al final de las cansadas, si conseguí una boda temática. Hombres vestidos de azul real y mujeres vestidas de plateado. Yo vestía un vestido dorado, muy parecido al de la reina de *Los Tres Mosqueteros*. Anthony fue el padrino de Holden; mi hermano Joey y Dallas Riles fueron sus caballeros. Vicky fue mi dama de honor y dos de mis amigas del consejo fueron mis damas.

Holden me sorprendió con dos semanas en Irlanda para nuestra luna de miel. Anthony estaba invitado también.

—Me casé con los dos, así que Anthony también recibe una luna de miel. –Dijo Holden.

■■

Tenía la vida que siempre había deseado. Holden y yo éramos amigos antes que cualquier otra cosa. Nos conocíamos al derecho y al revés. No había algo que no hiciéramos el uno por el otro.

Para finales del 2000, mis padres se habían reconciliado, pero mi madre se enfermó. Había sido diagnosticada con insuficiencia cardíaca congestiva y neuropatía diabética, así que Holden compró la casa de al lado para que mis padres se mudaran de Indiana a California. Me convertí en su cuidadora principal.

A medida que me ajustaba a todos los cambios en nuestra vida, mi terapeuta sugirió que empezara a escribir en un diario para lidiar con el día a día. Estas entradas de diario se convirtieron en historias cortas. Encontré una salida para mis emociones en un ambiente seguro que podía controlar.

Estas historias eran solo para mí. Nunca se las enseñé a nadie, ni a mi terapeuta, ni a Holden. Eran una forma sencilla en la que podía explorar mi enojo o mi tristeza sin lastimarme a mí misma o a otras personas. Mi escritura pasó de ser algo que hacía de vez en cuando, a algo que hacía todos los días sin falta.

El 14 de junio del 2001, nuestra hija, Shirley Louise Rae hizo su entrada triunfal. Fue nuestra bebé de luna de miel. Nació por medio de una cesárea planificada, ya que Shirley era tan terca como yo y se negó a acomodarse en la posición correcta o adherirse a su fecha de nacimiento. Tenía mi cabello rojo, mi temperamento colérico y la nariz de Holden.

Un año y medio más tarde, el 21 de diciembre del 2002, Wyatt Michael Rae completó nuestra familia. Mis trompas fueron cortadas, atadas y quemadas ese mismo día. Mi vida estaba completa, llena y perfecta.

Nunca me había sentido más amada. La salud de mi mamá se mantuvo lo suficiente como para ver el nacimiento de todos sus nietos. La vida seguía avanzando y Holden y yo nos amamos a través de todo.

Una tarde, Holden llamó para decirme que nuestro amigo del pasado, Dallas Riles, estaba trabajando en una nueva película de terror de la que quería hablarnos.

—Esta es como la cuarta película de terror que ha hecho. ¿No? —Pregunté.

—Algo así. Dallas cree que la disfrutarías mucho —Dijo Holden.

—Está bien. Invítalo a cenar esta noche. Iré al supermercado luego de recoger a Anthony con los niños.

—Lo llamaré ahora.

Me dirigí al supermercado y me apresuré a llegar a casa para empezar a preparar la cena. No era inusual que Holden trajera a un productor o directos a casa para discutir una película o un proyecto nuevo. Habíamos recibido estrellas de Hollywood varias veces a lo largo de los años.

Holden llegó a casa justo luego de que llegáramos los niños y yo, de inmediato se sentó a ayudar a Anthony con su tarea y a cuidar a los bebés mientras yo cocinaba. Holden se esforzaba mucho para enfocarse únicamente en Anthony para asegurarse de que se sintiera tan importante como Shirley y Wyatt. Había tenido miedo de que Holden tratara a Anthony de forma distinta, incluso sin darse cuenta, pero no lo hizo. En lo que a Holden respectaba, los tres niños eran suyos, así de simple.

—¿De qué se trata la película? —Le pregunté a Holden, cuidando mi asado.

—No estoy seguro, solo sé que es de terror.

—¿Has actuado en una película de terror?

—Oye, puedo ser aterrador.

Le lancé una mirada y solté una risita. Habiendo terminado la tarea, Holden reunió a los niños y los llevó afuera a jugar. Tenía todo listo cuando Dallas llegó. Había traído a su hija, Noel, que era un año menor que Anthony. Asistían a la misma escuela y eran mejores amigos. Los niños estaban felices de tener a alguien nuevo con quien jugar.

Luego de la cena, enviamos a los tres niños mayores a la sala mientras yo intentaba dormía a Wyatt en mis brazos.

—Así que… ¿Sobre la película? —Le pregunté a Dallas.

Sonrió. —Descubrí a una escritora fantástica. Creo que te va a gustar mucho. Hay algunas partes bastante oscuras —Dallas buscó algo adentro de su bolso y sacó un guion.

—¿Finalmente están tomando las perspectivas femeninas en el terror? —Pregunté en forma juguetona, tomando el guion.

Acomodé a Wyatt y leí el título. De inmediato miré a Dallas nuevamente, luego a Holden y de vuelta. —¿Qué diablos? ¿Están jugándome una broma?

El título decía *Dos Ojos Malvados* por Rosalie Rae.

Mi esposo y Dallas tenían las sonrisas más cursis dibujadas en sus rostros.

—Cómo… No entiendo —Balbuceé.

Estaba avergonzada pero emocionada al mismo tiempo. Mi escritura era solo para mí. Nunca le había enseñado nada de esto a nadie, incluso a Holden.

—Holden me trajo tu historia y la amé. Simplemente expandí un poco para llegar al largo apropiado para una adaptación —Explicó Dallas.

Holden se levantó y se llevó a Wyatt, dormido, hacia su habitación. Me quedé viendo al guion, en silencio. No sabía qué pensar. Nunca había sido buena en nada, especialmente escribiendo para una película. Dallas se sentó conmigo, dejándome procesar todo en silencio. Holden regresó y se quedó detrás de mí, sobando mis hombros.

—¿Qué opinas? —Preguntó Dallas, finalmente.

—No lo sé —Dije, sacudiendo la cabeza. —Digo, estas historias son basura. Simplemente son parte de mi terapia.

—No sé sobre las otras, pero te puedo decir que esta, definitivamente, no es basura. En realidad, quiero trabajar con esta historia y convertirla en una película. Quiero que Holden sea la estrella, y quiero que tu estés presente en el set, en todo momento, como consultora.

Lo vi, boquiabierta. —¿En serio crees que soy así de buena?

—Si, Rosalie, lo creo. No me habría tomado el tiempo de trabajar en la historia y venir hasta aquí simplemente para hacerte sentir bien. La historia es grandiosa.

Abrí el guion y lo hojeé. Dallas no había cambiado casi nada, simplemente llevó mi historia al siguiente nivel.

—¿A qué te refieres con tenerme en el set como consultora? —Le pregunté.

—Quiero que estés presente cuando empecemos a filmar. Esta es tu visión, no la mía.

Sacudí la cabeza. Esto era demasiado para procesar.

—Tienes que dejarme usarla, Rosalie. En realidad, estás jodida de la cabeza, eso se verá fantástico en la pantalla grande —Dallas me guiñó. Tengo que admitir, Dallas tenía una forma de tomar las historias más sádicas y transformarlas en arte en la pantalla.

—Vaya, muchas gracias —Le dije. —Dallas, tengo que cuidar de mi mamá y de los niños. Tengo que llevar y traer a Anthony a la escuela todos los días.

—Te prometo que tendrás todo el apoyo que necesites. Designaremos un área solo para los niños, lo que sea que necesites. No empezaremos a filmar hasta dentro de seis meses como mínimo, así que tenemos tiempo de afinar todos estos detalles.

Apreté los labios, pensativa. Todo esto sonaba muy bien, pero no estaba convencida. En realidad, estaba consumida por una inseguridad propia.

—¿Tu que opinas? —Le pregunté a Holden.

—Creo que en realidad te vas a arrepentir si no lo haces.

—No sé nada sobre escritura de guiones o filmación.

—No necesitas saber nada de eso —Dallas agregó. —Déjame a mi todos esos detalles. Tu función será estar ahí para aconsejar sobre la historia.

Suspiré fuertemente. Holden y Dallas me estaban poniendo nerviosa. Parecían niños despertándose en Navidad, esperando poder abrir sus regalos.

—Está bien… Supongo —Accedí. Así que, sería una escritora.

—En realidad, estoy algo molesta contigo —Le dije a Holden más tarde esa misma noche.

Frunció el cejo. —¿Por qué?

—Porque esas historias no debían ver la luz del día.

—Amor, tienes talento y amo tus historias. Haces tanto por el resto del mundo, te mereces algo que sea tuyo. ¿Esto? Esto es lo tuyo.

Ya veremos.

■ ■

A principios del 2002, *Dos Ojos Malvados* empezó a ser filmada. Dallas me dio todo lo que necesitaba. Llevaba a los niños al set conmigo todos los días y contraté a una enfermera para que se quedara con mamá cuando yo no podía. La película tardó nueve meces en producirse. Terminamos el proyecto durante la última semana de septiembre.

El 4 de octubre del 2002, mi mamá falleció pacíficamente en su hogar, rodeada de mi papá, Joey y mi familia. Cuando empezábamos a tener una buena relación, se había ido. Sostuve su mano mientras daba su última respiración.

La muerte de mi mamá me dejó en un estado de depresión profunda con la que luché fuertemente. Un mes luego de que mi mamá falleciera, mi papá tuvo el primero de tres ataques al corazón, seguidos de una cirugía de emergencia. Todos los años de tragos y alcohol finalmente lo habían alcanzado. Tuvo que luchar casi dos meses, pero, al final, lo logró.

Holden nunca se apartó de mi lado. Creo que él lloró más que Joey y yo en el funeral de mi mamá. Holden y mi mamá tenían una relación especial que únicamente ellos entendían. En realidad, creo que mi mamá quería más a Holden que a cualquiera de nosotros.

Capítulo Quince

La salud de mi papá se deterioró mucho más tarde ese mismo año. Tuvo varios derrames que lo dejaron en cama. Holden vendió la casa de mi papá y se mudó con nosotros, donde me convertí en su cuidadora de tiempo completo.

A las 7:45 del 7 de agosto de 2016, sostuve la mano de mi papi mientras me veía, me sonreía y exhalaba su último aliento.

Mi papá fue amado en nuestra comunidad. A veces, ayudaba con el montaje y desmontaje de los sets de Dallas, así que cuando las noticias se esparcieron, recibimos un flujo constante de llamadas y visitas.

Cuatro días luego de que mi papá falleció, todos nos reunimos en las tumbas de él y de mi mamá. Yacían lado a lado, donde Holden y yo yaceríamos, eventualmente, al lado de mi mamá.

Shirley, ahora una joven de quince años sostenía la mano de su hermano Wyatt e intentaba pretender que no estaba llorando mientras Wyatt sollozaba. Anthony estaba detrás de ellos, una fuerza siempre presente para su hermana y hermano, en la cual se apoyaban constantemente.

Holden se mantuvo cerca de mí. Miré la tumba de mi papá y luego la de mi mamá, ofreciéndole la sonrisa que sabía que había heredado de ella.

Tenías razón, mamá. Susurré en mi mente. *Cuando me casé con Sam, era demasiado joven como para entender el amor.*

Casi no hablábamos de Sam, pero si pensaba en él más seguido de lo que debería, usualmente cuando veía a Anthony viendo mis cicatrices, temiendo que le recordaran a su padre.

Solté una respiración. Nunca olvidaría a Sam. El hombre que pensé que era, o el hombre que en realidad resultó ser. Gracias al cielo, su rostro empezó a desvanecerse de mi memoria. En cuanto a las cicatrices en mi interior… Ya no sangran.